도미노 아홉 조각

도미노 아홉 조각

펴 낸 날   2024년 7월 25일

지 은 이   김창식
펴 낸 이   이기성
기획편집   이지희, 윤가영, 서해주
표지디자인   이지희
책임마케팅   강보현, 김성욱
펴 낸 곳   도서출판 생각나눔
출판등록   제 2018-000288호
주   소   경기 고양시 덕양구 청초로 66, 덕은리버워크 B동 1708호, 1709호
전   화   02-325-5100
팩   스   02-325-5101
홈페이지   www.생각나눔.kr
이 메 일   bookmain@think-book.com

• ISBN 979-11-7048-733-3(03810)

 | 세종시문화관광재단

※ 이 책은 세종특별자치시와 세종시문화관광재단의 후원으로 발간되었습니다.

도미노 아홉 조각

김창식 소설

생각나눔

문화로 자리 잡은 갑질, 소외, 환경파괴, 사기, 젠트리피케이션….
독이 잔뜩 서린 꽃이 해마다 도미노로 만발하도록 방관할 것인가.
함께 쓰러지고 출렁거려야 하는, 공존과 공멸의 도미노 궤도에서 이탈하지
못하는 사람들을 아홉 개의 단편으로 묶었다.

어제는 익숙했던 사람이 오늘은 등뼈를 맞대며 도미노가 되고. 전혀 낯설
던 사람이 목덜미를 잡아채며 앞서거니 뒤서거니 인연을 맺고. 어느 날엔
가 함께 쓰러질 운명의 도미노 조각으로 이별한다.
멈출 수 없이, 내릴 수 없이, 직진만의 도미노 궤도에서 손가락을 서릿발
로 말아 쥐고 산다.

『도미노 아홉 조각』과 『도미노 인간들』의 표제 선정에 긴 시간 생각했다.
도미노로 부대끼며 사는 우리들 얘기라서….

소설을 집필해 놓고, 이 소설이 '완성'된 것일까? 의문을 품는 버릇이 생겼다.

돌이켜 보면 그동안 세상에 내놓은 적지 않은 나의 소설 중에 과연 '완성'된 작품은 있기나 한 것일까. 깊이를 알 수 없는 호수 바닥으로 가라앉은 돌과 나의 소설이 무엇이 다르단 말인가? 이런 생각도 했다.

단편소설로 신춘문예 당선 이후, 출간한 열네 권의 소설들이 호수에 던져진 돌처럼 누구도 관심 두지 않는 작품이 되었다는 자괴감으로 우울하던 순간이 여러 날 생겨났다. 자괴감이 든다는 것은 소설의 맛을 조금은 알게 되었다는 의미여서 위안하기도 했다.

가라앉는 돌처럼 관심받지 못하는 소설을 계속 써야 하는가.
번민의 여운을 지우지 못하는 중에 한국소설문학상을 받게 되었다는 소식을 받았다.
자괴감에 빠져 무력해지는 자에게 채찍을 주신 거였다.
문득 앞에 놓인 징검다리 저쪽을 바라본다.
건너가야 할 목표를 직시하며 뭉클해진 가슴으로 심호흡해 본다.

2024년 여름
한국소설문학상 소설가 김창식

목 차

1.

히든 스캔

그와의 대화는, '왜? 무엇 때문에? 그래서?' 의문 부호가 후렴으로 붙어 다녔다. 그런 생각을 왜? 그런 생각의 근거는? 내 생각을 교정하려는 의도의 황당한 질문도 잦았다. 누구든 그와 대화하면 골머리가 아팠다. 그는 짧은 단어로 예고 없이 묻거나, 어설픈 대답에는 즉각 되묻는 대화의 고수였다. 그와 몇 마디만 오갔어도 뽕망치로 얻어맞은 기분이었다. 그의 혹 찌르는 질문 의도가 모호한 경우가 잦았다. 생각이 꽉 막히고 멍멍해져서 얼떨떨해지면 그가 흡뜬 눈으로 응답을 재촉했다.

의문으로 시작하는 대화가 말뿐이 아니었다. 눈동자와 표정으로 질문의 의도를 독특하게 표현했는데, 가치 없는 것은 아니었다. 어제 함께 보았던 게 오늘은 전혀 다른 것이 되는 그의 화술이 신비로웠다. 그와는 커피를 자주 마셨다. 그와 같이 있으면 주변의 익숙했던 사물이나 현상을 세밀하게 눈여겨보지 않고는 배겨나지 못했다. 어제와 똑같은 상황이나 물체에서 예상치 못한 새로운 것을 질문으로 끄집어내기 때문이다. 무엇을 바라보든 누구를 만나든 어떤 말을 나누든, 그는 설레고 새롭다는 표정을 유지했다. 어라? 그렇기도 했네? 그의 질문 의도를 좇아가면 새삼스러운 게 나타났다. 질문이 꼭 골치 아프기만 한 게 아니었다.

그의 성은 조, 이름이 자문이다. 이름만으로는 케이블 방송의 중국 드라마 배우가 연상되었다. 자문은 묻기 위해서 태어났다. 의문 부호를 달고 살아가는 사람이었다. 한자로 물을 자(諮), 물을 문(問)일까? 웃음이 픽 나왔는데. 신상 카드에는 자줏빛 자(紫), 따뜻할 문(炆)이었다. 황당한 질문이 없다면 자줏빛 꽃처럼 따뜻한 사람이긴 했다. 송곳니로 물어뜯으면 빼앗기지 않는 맹수처럼 토해내는 질문이 부담스럽긴 하지만.

우리는 스물아홉 살의 연구원으로 고고학 박사과정 중이다. 재학 중인 대학이 일류로 분류되지 못했으나 고고학과는 명문으로 취급됐다. 대학교 근거리에 왕릉을 비롯한 고대의 유적이 발굴되었다. 예고 없이 유물이 출토되곤 해서 박물관이 건립되었다. 박물관의 연구원이 필요했고 고고학의 박사과정 학생을 보조 인력으로 충원했는데 지도 교수가 관장을 겸했다. 고고학 연구실에서 학위를 위한 연구를 했지만, 박물관에 상주하며 발굴과 보존 처리를 도맡았다. 아르바이트하지 않아도 고정 월급의 학비를 배려해 준 지도 교수가 고마웠다. 학위를 받으면 박물관의 정식 연구원으로 채용되는 것이 우리의 희망이었다.

자문은 현장 발굴팀이라 발굴터를 붓으로 쓸어가며 도굴당하지 않은 유물을 세상에 드러냈다. 자문의 가방에는 삽날의 모양이 각양각색인 모종삽이 세트로 준비되었다. 발굴의 마지막 작업 도구는 붓이었다. 적당하게 부드러운 붓이 자문의 손가락을 대신했다.

발굴된 유물을 넘겨받아 고증과 보존 처리를 맡은 나와는 불가분의 관계였다. 나는 신비로움이 세상으로 드러나는 현장 발굴을 원했다. 흰 줄의 격자로 구분된 터의 흙이 붓에 쓸려서 드러나는 유물에 짜릿한 전율을 느끼고 싶었으나, 교수는 현장 발굴보다 실내에서의 고증과 보존을 위한 처리를 내게 명령했다. 여자이기 때문이냐고 지도 교수에게 물었다. 여성스럽고 섬세한 탓이라는 대답을 들었다. 어깨선이 매끄럽고 가슴이 그다지 풍만하지 못하며 허리가 잘록해서 나약해 보이긴 했다. 칭찬인지 여자라서 무시된 것인지 판단이 어려웠다. 그렇다고 발굴 현장에서 배제되지 않았다. 자문이 붓으로 흙을 열어 유물을 드러내면 방안지의 바둑판 좌표에 분류 기호를 기록했다.

우린 나이가 같았다. 박물관으로 출근하고 발굴 현장에서 비지땀을 흘리고 학술 세미나를 준비하는 일이 같았다. 자문은 한 번의 응시로 박사과정에 합격했고, 나는 낙방 후 재수로 합격해서 학번이 낮았다. 박사과정의 학습 기간이 모호해서, 자문과 같은 날 박사모를 수여받겠다고 당차게 야심을 품었다.

자문은 쪼그려 앉은 시간이 많아서 무릎 관절이 또래의 평균보다 더 망가졌다. 유물의 이음 고리 하나라도 유실되지 않으려면 아침부터 저녁까지 방대한 유적지를 붓으로 쓸어냈다. 비지땀을 흘릴 때는 얼음이 달그락달그락한 단맛 듬뿍 봉지 커피가, 볼때기가 얼얼한 겨울 작업에는 뜨끈한 봉지 커피가 최고였다. 발굴이 한창일 때는 달큰한 것이 당겼고 아무리 마셔도 살이 찌지 않았다. 발굴이 없는 계절은 부속구이 식당 둥그런 탁자에서 소주를 마셨다. 늘어난 옆구리살을 틀어쥐고 장난스레 웃곤 했지만, 계절이 지나면 발굴 예감이 있어서 걱정하지 않았다.

비지땀 흘려 발굴한 유물을 밤새워 고증하고 분석하고 보존 처리하는 고난도 작업이 몰아치듯 생겼다. 낮에 발굴 작업으로 고단해진 자문이 유물을 분석하는 연구실에 남아 주먹으로 하품을 틀어막으며 거들었다. 창으로 새벽이 부스스 일어나면 우리는 종이컵에 봉지 커피를 달큰하게 타서 마신 후, 총 맞은 듯 소파로 쓰러져 잠들었다. 남녀를 초월해서 동료 의식이 강한 관계가 되었다.

발굴이 연이은 게 아니라서 어떤 계절은 전시된 유물을 관리하면서 무료했다. 자문과 나는 시시콜콜한 농담에 달큰한 봉지 커피와 초콜릿과 마카로니를 군음식으로 섞어 조잘조잘 즐겼다. 성인병의 유발 요인이라 해도 그냥 실컷 먹고 살자는 인식이 같아서 달콤한 걸 즐겨 먹었다. 그런 시기의 끝머리에 자문의 부푼 옆구리살이 눈에 띄었다. 먹고 먹어도 허리가 잘록한 내게 시샘하는 자문의 심술이 통통한 판다처럼 귀여웠다.

자문은 되묻지 않으면 참을 수 없는 화법에도 이골났다. 지루하던 장마가 발뺌하듯 맑은 날. 구름이 뜯겨 내려서 뙤약볕이 살인적이었다. 느닷없는 정전으로 연구실의 냉방장치가 멈췄다. 박물관 보존처리실과 전시실은 무정전 전원장치의 작동으로 온도가 유지되었고, 피난하듯 연구실에서 보존처리실로 옮겨갔다.

"무더운 여름을 은혜로 알아야 해."

연구실에서 보존처리실로 통하는 십 미터의 복도에서 자문이 땀을 비 오듯 쏟으며 할 소리가 아니었다.

"그새 더위 먹었니?"

핀잔 투로 되물었다.

"여름이 무시되었던 지구를 기억해 봐."

자문이 더위를 즐기는 표정으로 히죽 웃었다.

"여름이 무시되었다고?"

되묻지 않을 수 없었다.

보존처리실로 들어와, 1815년 인도네시아 숨바와섬 탐보라 화산 폭발을 말하기 시작했다. 43km 높이의 분출물, 이산화황 100 메가톤, 반경 40km의 용암과 9만 명의 사망. 고고학 연구생이라면 모두 아는 재난을 자문이 포인트만 말해 놓고 보존처리실의 냉방을 거부하며 볕이 뜨겁게 산란하는 창가로 걸어갔다.

분출된 이산화황 구름이 성층권의 태양을 가리면서 이듬해 1816년 북반구의 여름이 실종됐다. 한파, 식량 부족, 기근, 콜레라의 창궐. 자문이 열기가 후끈거리는 창을 등에 업고 손가락을 꼽아 열거했다. 더위보다 자문의 행동에 숨이 턱턱 막힌 나는 연구실로 돌아가고픈 생각뿐이었다.

"너와 내가 숨 쉬는 동안 탐보라 화산의 재발은 없어."

재앙의 재발을 완전하게 배제될 수 없어서, 믿지 않으려는 심정으로 투덜거렸다.

"그렇게 믿고 싶은 거겠지. 틀렸어."

뭐가 틀려? 자문이 되묻기를 유발했다. 연구실 정전이 복구되었다는 연락을 마침 받아서 되묻지 않았다.

자문이 연구실로 돌아와 붓을 들었다. 붓을 직각으로 세워 책상과 노트북 자판을 쓰는 버릇이 없다면 우린 더 살가울 수 있을 텐데. 연구실의 가구나 도구가 늘 족제비 털의 쓸림에 시달렸다. 전시 액자에 잡티가 생겨날 틈이 없었고, 분리수거의 뚜껑도 붓으로 쓸어서 청소용역 파견 근로자에게 호감형 인간이 되었다.

"그만해. 닳겠어."

연구실에서 종일 죽치는 날 하루에 한 번은 짜증을 냈다.

"닳아? 솜털처럼 여린 붓인데. 왜 그렇게 성격이 잔인해?"

자문이 되물었다. 솜털처럼 여린 붓장난에 닳는 건 나야. 너만 보면 온갖 것이 닳고 닳아서 미치겠거든? 짜증을 확 쏟아내려다 그만하자는 심정으로 창 너머 박물관 현판을 바라보았다. 자문의 질문을 무시와 침묵으로 외면했다. 흙에 묻혔던 금관의 고리를 발굴하는 붓 쓸기를 반복하듯, 어째서? 그래서? 질문에 난타당하기 전에 엿가락을 뚝 분지르듯 단절했다.

"붓에 쓸려야 유물이 드러나서 역사를 말해 주거든?"

자문이 붓을 꼿꼿이 세워 허공을 쓸었다.

"유물이 역사를 말한다는 거 알아."

질문을 거듭해도 외면당하면 시무룩해지는 자문이 안쓰러워 드문드문 반응했다.

"오역된 역사를 바로잡아달라는 외침들이 소중하지 않아?"

요리조리 질문을 이어가는 자문의 입술은, 떼어내도 달라붙는 진드기를 연상케 했다.

자문과 나는 지난여름에 교수 몰래 피던 흡연의 종료를 선언했다. 자문이 식사 후 이를 닦으면서 니코틴 찌든 이빨에 투덜거렸다. '너만 왜 누럴까?'라고 핀잔을 주어서 당하기만 하던 질문의 고통을 되돌려 주던가. '담배 끊은 지 얼마나 지났다고 금 이빨이 은 이빨로 돌변하기를 원해?'라며 응수할까. 머뭇거린 후 참았다. 헹구는 입으로 자문이 눈동자를 들이밀며 접근했다. 같은 분야를 연구하는 동료라 해도 남녀가 유별한데 능글맞은 웃음이 징그러웠다. 불쾌하다는 감정을 드러냈다간 가치라곤 좁쌀만도 못한 시시비비 질문에 휘말릴 터였다. 치약 거품을 게우고 칫솔을 허공에 탁탁 털어 멀어지는 게 상책이다.

"궁금하지 않아?"

자문이 따라왔다.

"지금은 알고 싶지 않아. 그 무엇도."

냉정하게 말하고 연구실로 들어왔다.

"기분이 어땠니?"

자문이 의자에 앉은 어깨 뒤로 왔다.

"무슨 기분?"

"너와 나는 미래 누군가에게 발굴된다는 사실. 스물세 개의 뼈가 봉합된 해골로."

뒷덜미로 닿는 자문의 말이 으스스했다. 유적지에서 머리뼈가 드물게 발굴되었다. 사람의 뼈일까 흥분되었다가 야생동물이나 가축의 뼈로 고증되기도 했지만, 내 머리뼈가 발굴될 것이라니 섬찟하다.

"따뜻한 밥 먹고 식은 소리 하려면 그만 자리로 돌아가지?"

부탁하듯 타일러도 돌아가지 않을 상황임을 안다. 요즘은 장마철이며 발굴이 없는 한가한 시즌이고, 지도 교수의 과제를 수행 중이다.

"너는 해골이 아담하고 예쁘니까 연구 대상으로 주목받을 거야."

자문이 두 손으로 내 머리를 감싸 쥐었다. 목덜미에 붙은 송충이를 털 듯 오므렸다. 엉망으로 꼬이는 기분을 억지로 참는 줄 모르는 자문이 머리를 몸통에서 뽑아낼 듯 잡아 올렸다.

"이건 아냐."

의자에서 일어나 부드럽게 말했다. 미라를 발굴하기 전이라면 표독스러운 눈초리로 가슴팍을 거칠게 밀어냈을 터였다.

이 같은 배려에도 자문은 가치와 가능성이라곤 싸라기만도 못한 질문을 멈추지 않았다. 자문이 상상 밖의 질문을 쏟아낼 때마다 짜증이 돋고 피곤했다. 도를 넘는 질문에는 섬찟함을 지나쳐 몸이 옹송그려지고 쭈뼛했다.

자문이 내 머리를 수박처럼 어루만졌고 모골이 송연했다. 내 머리뼈가 발굴되면 아담하고 예뻐서 세간의 흥미가 된다는 자문의 헛소리. 박물관 전시실에서 조명이 우아한 유리 상자에 갇혀있을 해골이 상상됐다. 수만 개의 관람객 눈동자를 침묵으로 견뎌내야 하는 유리 진열장의 귀엽고 예쁜 해골로.

"그러니까 술에 취하면 좁은 길로 걷지 마. 넘어져서 스물세 개의 머리뼈가 하나라도 흠집 나지 않도록."

자문이 비실비실 웃었다. 아. 정말 이 인간이. 뒷덜미에서 좋알거리는 자문의 가슴팍을 주먹으로 밀치고 싶은 충동이 일었다. 가슴팍에다 주먹질해도 삐지지 않을 정도의 탄탄한 심성이 못 되는 사내라서 참았다. 만사가 귀찮고 자문도 지겹다는 표현으로 드러눕듯 자세를 고쳤다. 점심 후 금쪽같은 자투리 시간에 낮잠을 자면 좋을 텐데.

"도자기 접시에 꽃을 그려넣듯 머리뼈에다 문양을 새기면 어떨 거 같아?"

자투리 쪽잠을 허락하지 않으려고 의자에 기댄 뒤통수를 손바닥으로 밀었다.

"내가 애완견이니?"

"애완견?"

"등록해야 하는 법이 생겨서 인식 칩을 강아지 몸에 넣어야 하잖아."

"좋은 생각이야. 개인 정보가 기록된 칩을 뼛속에 저장하면 되겠다."

자문이 의자를 반 바퀴 돌려 마주 보는 자세로 만들었다.

"개인 정보가 지나칠 정도로 기록되고 있어."

연구실 모퉁이에 달린 CCTV를 상기시켰다.

"그건 맞아. 어디로 언제 이동했는지 스마트폰에 낱낱이 기록되는 세상이니까."

"얼토당토않은 멍텅구리 너의 말도 낱낱이 기록되는 거 깨닫기나 해."

자문을 한 걸음 뒤로 떠밀었다. 혹시 연구실에서 나누는 우리의 행동과 말이 지도교수에게 실시간의 영상으로 전달되는 중이 아닐까 의심 들었다. 의심을 말하면 자문의 질문이 쏟아질 테니까 애써 태연했다.

"하고 싶은 말 얼른 하고 네 자리로 돌아가."

자문의 시시껄렁한 말에 꿀맛 낮잠을 잃어 짜증 돋았다. 점심 후 자투리 시간에, 나는 쪽잠이 꿀맛이고 자문은 나와의 말다툼이 꿀맛인 셈이다. 자문의 질문이 때로는 시시콜콜한 다툼만은 아니라서 차갑게 외면하지 않았다. 짜증이 나더라도 생각할 만한 건더기가 남는 대화였다.

"살아있을 때 머리뼈를 방사선실에서 스캔할까?"

"그건 또 무슨. 가치 없는 상상?"

"천 년? 아니 만 년쯤 역사가 흘러서 발굴될 해골의 정보를 일년 주기로 친절하게 기록하는 거야."

"도대체 왜 그래야 하는데? 살점이 썩은 해골이 백 년을 버티겠니? 넘어져도 재수 없으면 함몰되는 뼈가? 너나 나나 해골은 먼지가 되고 이리저리 흩날리는 바람일 뿐이야."

"죽은 후에도 개인의 명예와 실책이 낱낱이 드러나야 해."

먼지가 되고 바람으로 흩날릴 거라는 비판에 자문이 수긍하지 않았다. 아쉬운 걸음으로 자문이 의자로 돌아갔다.

"기어코 머리뼈를 CT로 스캔하겠다는 거야?"

의자에 앉는 자문을 바라보지 말았어야 했다. 시든 상추가 물을 만나서 싱그럽게 살아난 듯 표정이 밝았다.

"해보자. 우리."

자문의 우리란 말에 나는 기겁했다. 출토된 유물의 연대를 측정하는 방사선실 CT에다 멀쩡하게 살아있는 머리통을 넣자니 소름이 돋았다.

"지금 당장."

의자에 앉은 내 뒤로 걸어와 어깨에 손을 얹었다.

"추행인 거 아니?"

자문의 손을 털어내려고 어깨를 후둘 털었다.

"네가 날 남자로 여기긴 했니?"

자문이 피아노 건반을 두드리듯 경동맥에 손가락을 움직였다. 경동맥의 두드림이 뇌에서 찌릿찌릿했다. 손을 뒤로 뻗어 자문을 밀쳤다. 막창을 지글지글 태우며 고주망태기가 되었어도, 연구실 소파에서 널브러져 잠들었어도 우린 이성인 적이 없었다.

머리뼈를 스캔하겠다고 고집부리던 자문이 잠잠했다. 내가 모르는 중에 촬영실로 잠입해서 머리뼈를 찍었는지 묻지 않았다.

실종되었다는 1815년 여름의 경고를 잊고 있었을 때, 자문이 백두산의 화산 폭발로 나의 고요해진 심리를 헤집었다. 화산 폭발의 최악 지수가 8인데 백두산이 7이며, 폭발의 순간이 날마다 다가온다면서도 표정은 평안했다. 학계에서 예측한 지수 7이 틀리지 않다면 북한은 당연하게 소멸할 것이다. 분출물을 뿜어내는 순간의 백두산으로 편서풍이라면 일본에, 북풍이라면 한국에 분진이 폭설처럼 두툼하게 덮일 것이다. 이산화황 구름이 태양을 가려서 빙하기를 맞이할 것이라는 종말론자의 표정이 너무 천연덕스러웠다.

매머드와 공존했던 석기시대의 벌레가 시베리아 콜리마강 근처 화석화한 다람쥐 굴과 빙하 퇴적층에서 4만 6천 년 만에 깨어났다. 일 밀리미터 미만의 작은 벌레가 깨어난 즉시 번식을 시작했다. 희한한 일이긴 해도 별스럽지 않다는 생각이 대부분이겠지만, 고고학을 연구하는 우리에게는 끔찍했다. 지구 온난화로 장마와 가뭄의 질서가 흐트러져, 빙하와 화석에 묻혀 중지되었던 생명체가 돌연 깨어나서 끔찍한 존재가 된다는 걸 일깨워야 할 시기가 왔다.

알사탕을 하나씩 입에 물었다. 유자 맛이라 시큼하고 달았다.

알사탕을 물면 성격의 완급을 알 수 있다는, 근거가 있든 없든 누군가의 조언이 생각났다. 입에서 이리저리 굴리며 자문을 관찰했다. 잇몸으로 돌리다가 혀 밑으로 넣는 순간, 자문이 와드득 깨물었다. 자문이 곤란한 질문을 일삼아도 성격이 급하지 않았다.

"빙하의 돌발 붕괴가 멀지 않았어."

빙하의 돌발을 말하려고 와드득 깨문 자문이 내게로 걸어올 듯 들썩거렸다. 생뚱맞은 말이면 대꾸하지 않았다. 두께가 일 킬로미터나 되는 빙하 밑으로 따뜻한 바닷물이 흐르고 있다며, 깨문 사탕처럼 빙하가 붕괴하는 최악은 없어야 한다면서 심각해졌다. 너는 걱정해라. 나는 사탕을 먹으련다. 일부러 창밖의 뿌리가 뽑혀 쓰러진 소나무로 시선을 돌렸다. 여름 초입에 슈퍼급 태풍이 관통했다. 강풍에 부러지고 날아가고 침수되고 실종되는 재난 방송을 연구실에서 시청하는데 우지끈 부러졌다.

"거미가 징그럽긴 해도 긍정의 생물인 것처럼 태풍을 인정해야 해."

그 순간 처참한 상황에서 자문이 태풍의 긍정을 태연하게 말했다. 쑥대밭이 되는 장면을 보면서도 긍정? 되물으려다 참았다. 화내거나 핀잔 섞어 비난해야 옳은 처신이었다. 둑이 무너져 마을로 범람하는 영상을 보며, 태풍의 긍정을 어떻게 설명할 것인지 기다렸다.

"태풍은 바다의 손이니까. 호박죽이 굳지 않도록 저어주듯 바다 깊은 곳을 갈아엎어 주는 주걱이거든? 검은 늪에 소나기가 쏟아지듯 수중 생물이 뒤섞이면서 광합성이 활발해져. 아마존이 지구의 허파라고들 말하지만 옳지 않아. 해양 생물의 광합성이 배출하는 산소와는 어림없어."

고고학과 학부생일 때 자문은 이런 말을 절대 하지 않았다. 어떡하면 나와 카페나 술집에서 조금이라도 더 붙어있으려고 얄팍한 술수를 부리던 순수하고 뇌가 싱거운 청년이었다. 자문이 이렇게 변화된 멀지 않는 과거로 더듬어 가면, 고고학 교수를 비롯해 석사과정과 박사과정의 학생이 단체로 여행했던 이집트의 람세스 2세가 떠올랐다.

피라미드와 스핑크스와 어디를 가든 널렸다는 미라의 관람을 위한 여행이 계획되고 있을 때, 원통 식탁의 연탄불에다 돼지 부속을 구우면서 자문이 심각해졌다.

"한국의 비경도 많은데 굳이 해외로 나가는 사람들을 비난했는데…."

자문이 말을 뚝 끊었다. 고고학의 연구자로서 이집트의 미라에 흥분이 잔재했던 터라 대답하지 않았다.

"듣고 있는 태도가 불량해. 관광객이 들고 있는 바나나에만 눈독 들이는 원숭이 같아."

자문이 심각하던 태도를 바꾸어 낄낄 웃었다. 나는 속을 뜯긴

듯 가슴에 손을 얹었다.

여행을 다녀오고서 부속구이 원탁에서 소주를 마셨다. 이집트 여행의 감흥을 음미하는 내게, 듣는 태도가 원숭이처럼 불량하다고 탓했다. 이집트 여행에서 원숭이를 만났던가? 여정을 더듬다가 고양이와 원숭이의 동물 미라 전시장이 생각났다.

"마저 말해."

자문을 향해 턱을 괴고 눈을 말똥거렸다.

나로호 발사의 성공은 과학의 쾌거라고 말을 튼 후, 수십 킬로미터의 우주로만 날아가려는 고집을 이해할 수 없다고 푸념을 쏟았다.

"천문학적 비용을 들였는데, 우주 말고 갈 곳이 또 있기나 하니?"

내가 가장 좋아하는 돼지 껍데기를 타지 않도록 불판 가장자리로 옮겼다.

"일 킬로미터도 안 되는 깊은 바다를 외면하는 과학자들의 의도를 이해할 수 없어."

아직 발견하지 못한 심해 자원을 두고서 달과 화성의 흙 한 줌에 경쟁하는 과학에 불만을 털어놨다. 어쨌든 자문의 논리가 타당성이 있어 고개 끄덕여 수긍했다.

삼천 년이나 지난 람세스 2세 미라, 이마를 건들면 눈을 뜰 듯 완벽한 형태로 부패하지 않음에 놀랐다. 세척 후 볕에 바짝 말린 고산 약초처럼 외모가 쭈글쭈글하긴 했으나 인체가 세밀하게 보존되었다. 죽은 후에 자연의 상태로 미라가 되는 게 아니라, 여러 단계를 거쳐야 한다는 한국어 해설에도 놀랐다. 시신에서 뇌를 가장 먼저 제거한다고 해설했을 때, 목덜미가 찌릿하게 섬뜩해서 일행 중 가깝고 임의로운 자문의 어깨에 머리를 기댔다.

"인체 중에서 뇌가 가장 먼저 부패하기 때문이죠?"

뜻밖에도 자문이 해설사에게 물었다. 해설사가 대견하다는 의미로 끄덕였다.

자문의 돌발 질문 습성이 이때부터 시작되었다고 여행에서 돌아와 추정했다.

"이유는 간단해요. 뇌에 효소가 있어서 부패가 빠르기 때문이죠."

안면이 손상되지 않도록 콧구멍에 관을 넣어 죽처럼 으깬 뇌를 꺼낸다는 해설에서 나는 자문의 팔을 움켜쥐었다. 자문은 싱글싱글 웃었다.

소화 효소와 박테리아가 바글바글한 창자를 꺼내 항아리에 담았다는데, 사후 세계를 믿는 신앙 때문이었다. 사후 세계로의 심판을 받을 때 심장이 깃털보다 가벼워야 이상적인 세계로 간다고 믿었다. 속과 겉을 씻어낸 후 뇌와 창자를 제거한 곳에 나무의 진액을 주입해서 형태를 유지하고. 소금과 탈수로 박테리아를 제거하고 건조 후 향나무 진액으로 마사지한다는 칠십여 일의 미라 제작과정을 해설했다.

점심 식당으로 가는 도중에 미라를 파는 노점 골목에서, 자문이 상품을 고르는 듯 세심하게 살폈다. 나는 밥맛이 똑 떨어졌다.

박물관 출·퇴근의 정체 구간인 회전 교차로의 확장 공사를 알리는 현수막이 걸렸다. 확장되면 정체가 줄어들겠지만, 도로공사라는 게 하세월이라 그다지 반갑지 않았다. 공사를 위한 차단막과 공사 기간을 알리는 현수막이 걸렸다.

자문을 태우고 교차로를 회전하는데, 굴착기가 도로 옆의 밭둑을 푹 찍어 올렸다. 일 미터는 족히 찍었다가 퍼 올리는 흙에서 둥그런 물체가 굴러떨어졌다. 굴착기 기사가 목격하고 작동을 주춤했다. 자문이 교차로를 통과한 갓길에 정차를 요청하더니 굴러떨어진 물체로 뛰어갔다. 표정이 일그러진 기사가 퍼 올린 흙을 구덩이로 쏟으려는 순간, 자문이 굴러떨어진 물체를 집어 들었다. 기사가 냅다 경적을 울렸다. 자문은 흙이 머리로 쏟아진들 꿈쩍 않고 물체를 품에 안았다. 기사가 계속 경적을 울렸고, 나는 어서 나오라고 손짓했다. 차에서 내려 가까이 본 자문은 해골을 안고 있었다. 그놈의 해골. 며칠 전에 머리뼈를 CT로 스캔하겠다던 자문의 억지가 떠올랐다. 자문이 해골의 눈구멍과 콧구멍 박힌 흙을 손가락으로 파냈다. 기사가 내려와 눈알을 부라렸다.

"멈추세요. 지금 즉시 공사는 중지입니다."

자문이 기사에게 단호하게 선언했다.

"뭣 하는 짓입니까? 공사 방해로 고발당하지 않으려면 가던 길 가시오."

기사가 우락부락한 외모로 점잖게 타일렀다. 기사의 험상궂은 인상에 나는 한 걸음 물러났다. 자문은 지갑에서 박물관 연구원 증을 꺼내 기사의 코앞으로 내밀었다.

"그래서? 어쩌자는 건데?"

기사가 난폭한 말투로 돌변했다. 상황이 곤란해졌다는 것을 아는 눈치였다.

"이거 보이지 않으세요?"

자문이 해골을 젖먹이로 가슴에 안았다.

"미쳤냐? 뼈다귀를 껴안고."

자문의 품에서 빼앗아 패대기칠 듯 기사가 험악해졌다.

"머리뼈입니다. 해골."

"젊은 것이 눈두덩에 다래끼가 꼈나?"

기사가 해골을 인정하지 않았다. 공사장의 애물단지. 유물의 출토를 못 본 척 묻어버리는 사례를 우리는 여러 차례 보아왔다.

"자세하게 보세요. 해골입니다."

"해골은 무슨? 삶아 먹은 개 대가리가 영락없는데."

기사는 자문의 품에 든 해골을 인정하지 않았다.

"이거 확인하셨죠? 공사는 즉시 중지입니다."

자문이 꺼내 든 연구원증을 기사에게 또 내보였다.

호랑이 무서운 줄 모르고 덤비는 강아지. 자문이 걱정되어 차로 돌아와 경찰에 신고했다. 해골은 경찰이 수습해 갔다. 자문은 시청과 경찰에 공문을 보내서 발굴하자며 지도 교수 연구실로 갔다. 밭둑에서 파헤쳐진 해골이면 그냥 단순한 머리뼈라고, 미라가 아닌 상태로는 발굴할 가치가 없다고 지청구를 들었다. 자문이 미련을 버리지 못하고 머뭇거렸다. 해골을 발굴할 만한 가치가 있냐는 교수에게 자문은 확신을 내놓지 못했다. 코끼리 다리 긁지 말고 논문이나 알차게 쓰라는 꾸지람에도 머뭇거렸고, 교수는 친절하게도 등을 떠밀어 내보냈다. 오류를 용납하지 않는 교수로서는 의외의 행동이었다.

박사학위 연구원답지 못한 자문의 질문에 일부러 묵인하는 게 있었다. 만 년 후에 우리 해골을 누군가 발굴할 것이라고, 그래서 CT로 스캔에서 정보를 기록해 놓자고 자문이 설레발을 칠 때, 일침을 주지 않았다.

바보 멍청이야. 만 년 후에 우리 해골이 발굴되려면 우리는 곱게 죽어서는 안 된다고. 머리뼈가 썩어 먼지가 되고 바람으로 흩날리지 않으려면 미라가 되어야 한다고. 에베레스트 얼음 절벽으로 실족해서 만년설에 냉장되든가, 썩지 못하고 만년을 기다려야 한다는 과학적 사실을 말하지 않았다.

"교수님 호출이다."

시무룩하게 앉았다가 생각난 듯 자문이 말했다.

"나를?"

"너 말고 누구겠니?"

월요일마다 교수를 만나러 갔다.

"맹랑하거나 허튼 말은 여전하니?"

교수가 자문의 요즘 화법을 물었다. 나는 대답을 망설였다. 딱히 할 말을 찾지 못했다.

"증상을 관찰해야 한다고 일러두지 않았니?"

교수가 짜증을 냈다. 교수를 만나러 오면서 예상했다. 교수에게 고자질할 만한 자문의 증세를 발견하지 못했다. 살아있는 머리통을 스캔하자고 졸랐던 거, 탐보라 화산을 들먹거려 불볕더위를 예찬한 거, 굴착기 기사와의 실랑이, 태풍의 긍정, 교수가 솔깃해질 고자질이 있긴 했다. 고고학을 연구하는 나로서는 지극히 문제 될 만한 사안으로 여기지 않았다.

매주 월요일 지도 교수 연구실 방문이 벌써 일 년 지났다. 빙하가 녹으면서 동면하던 바이러스가 깨어나듯, 발굴되면서 천 년이나 묻혔다가 활성화된 세균의 발작이 있었는지. 현대의 병리학자들이 발견하지 못한 미라의 세균 발현에 눈독 들이는 게 아닐까. 미심쩍어진 후로 더욱 입을 닫았다. 월요일의 호출을 자문이 몰라야 한다며 입막음을 요청받았고, 교수에게 함구했듯이 자문은 물론 누구에게도 말할 필요를 느끼지 않았다.

연구실로 돌아오다가 나무 그늘 벤치에 앉아서 교수가 말한 '맹랑하거나 허튼'의 의미를 생각했다. 석사과정 말년이니까, 삼 년 전에 지도 교수의 주도로 미라를 발굴했다. 댐이 건설되면서 잠기게 된 조상의 묘를 수몰 직전인 여름에 이장하다가 미라가 발견됐다. 수의가 썩지 않아 형체가 고스란히 남은 시신에 정신이 빠질 듯 놀란 후, 묘혈을 다시 묻어놓은 후손의 의견이 분분했다. 소문 없이 이장함이 자손에 해가 없다는 측과 역사적 사료를 감추어서는 안 된다는 측이 팽팽했다. 이장에 참여했던 학부생이 박물관장인 교수를 찾아왔다. 교수가 즉시 절차를 밟아 보존 명령을 발동했다. 후손이 소장한 기록에 의하면 이백오십 년 전에 매장되었다는 미라의 발굴이 시작되었다.

종일 작달비가 쏟아진 후 하늘이 뻥 뚫린 팔월이었다. 살갗을 송곳날로 찌르는 듯 뙤약볕이 강렬했다. 무더운 여름이라 미라의 훼손 우려로 시간을 다투어야 했고, 후손을 설득하는 구실이 되었다. 발굴 동의서에 후손이 서명하자 얼음 관을 싣고 미라를 수습하러 갔다.

갑자기 구름이 하늘을 가렸다. 기온과 습기가 높아서 미라의 변질이 우려됐다. 고용한 인부가 묘혈을 되덮은 흙을 파냈다. 지도교수와 후손이 지켜보는 중에 자문이 미라를 덮은 관 뚜껑을 경건한 자세로 꺼냈다. 형체가 고스란히 보존된 수의의 시신이 드러나는 순간, 굵은 빗방울이 쏟아졌다. 자문이 관의 뚜껑을 재빠르게 닫았다. 천둥과 번개가 치면서 일행이 혼비백산하고 흙을 파헤친 인부가 산 아래로 도망치듯 뛰어갔다. 뒤통수를 자귀로 느닷없이 찍힌 듯 초점을 잃었던 자문이 비닐로 묘혈을 덮었다. 교수의 당황하는 빛이 역력했고 후손이 철퍼덕 주저앉았다. 쏟아붓던 물통이 바닥난 듯 소나기가 멈추었다. 유족과 발굴단원이 짧은 소나기에 흠뻑 젖었다. 젖지 않는 것은 묘혈의 미라였다. 미라를 묘혈 밖의 얼음 관으로 옮겼다. 구름에 가렸던 하늘이 청명하게 변했다. 유교적 제례를 중요시하는 후손이 고고학 연구실로의 운구를 주도했다. 소낙비에 놀란 자문은 넋이 나간 듯 입을 꾹 다물고 상주처럼 따라다녔다.

미라가 운구된 첫날. 밤늦도록 미라의 수의를 수습했다. 손상되지 않은 수의 매듭을 슬픔과 오열로 묶었을 역순으로 풀었다. 십대의 소녀가 갈색 시럽의 굳은 형체로 드러났다. CT 스캔으로 골반과 갈비뼈의 골절이 확인됐다. 추락이나 충격으로 인한 사망의 사인을 추정했다.

노련하고 침착하던 자문이 소녀의 미라에 더듬거렸다. 생각이 얼어붙은 듯한 표정도 엿보였다. 묘혈의 소낙비에 놀라던 자문의 순간이 뇌리로 반복해서 스쳤다. 연구실의 소파에서 휴식을 권했으나 듣지 않았다. 정오부터 자문이 고열과 오한을 호소했다. 병원에 가자고 했으나 거절하고 관리실에서 얻어 온 진통 해열제만 고집했다.

알몸에 수의를 입히는 것이 일반적이었는데, 치마와 저고리에다 수의를 덧입은 미라가 이백오십 년 전의 세상을 품고 온 가치는 기대 이상이었다. 복장과 장례 관습, 저고리에서 나온 모친의 편지에서 드러난 절절한 모정에 학계는 물론 일반인의 이목을 끌었다. 미라가 품고 온 유물과 사연이 방송과 웹으로 퍼졌다. 지도 교수는 유명해졌고, 학술 세미나 등의 행사는 자문과 내 몫이었다. 미라는 박물관 단독 특별실에 상설 전시되었다.

행사가 끝난 날, 부속구이 식당 둥근 알루미늄식탁에서 자문이 미라의 머리뼈를 스캔하자고 말했다. 보존 처리 후 전시 공간으로 고정된 머리뼈를 CT로 스캔하겠다니. 십 대 여자인 미라의 부러진 골반과 갈비뼈가 아른거려서 술잔을 입에 거푸 털어 넣어도 취기는커녕 말똥했다. 자문이 너털너털 웃을 때마다 내 가슴이 쿵 쿵 내려앉는 소리가 들렸다. 소주잔을 손에서 놓지 않는 자문의 눈을 바라보며 묻고 싶었다. 그렇게 자꾸 허탈하게 웃으면 가슴에 무엇이 남는가. 소주잔을 손가락으로 쥐락펴락하는 시선의 끝으로 어떤 심정이 와닿고 있는가.

"잇몸에 박힌 이물질 생각나니?"

미라의 입안을 들여보던 순간을 자문이 들먹였다.

"부식된 엽전 조각?"

잇몸을 찌른 이물질은 수의를 입히면서 저승길 노잣돈으로 넣었던 엽전으로 어렵지 않게 판명되었다.

"금속보다 회색질의 뼈가 강하다는 거."

이백오십 년 전에 사망한 소녀의 뼈가 엽전보다 강했다.

"그러니까 스캔하자는 거야."

자문이 소녀의 머리뼈를 CT로 찍어야 한다고 논리를 드러냈다.

"부식된 엽전은 CT로 존재감을 드러내도 뼈는 그렇지 않아."

영업 종료가 선언되기까지 둥근 알루미늄 탁자에 앉아 말이 점점 줄어들었다. 말 없음의 순간이 길어져도 이상하리만큼 지루하지 않았다. 소주잔을 빙빙 돌리는 자문을 바라보면서 한 겹 한 겹 벗겨지던 이백오십 년 전의 소녀를 떠올렸다.

연구실로 돌아와 소파에서 잠을 청했다. 자문은 자려는 건지 새벽을 맞이할 것인지 앉은 의자를 흔들었다. 의자가 흔들리는 기척이 반복되면서 내 몸이 사슴벌레 유충처럼 저절로 오므려졌다. 잠들지 않기 위해 묘혈에서 아뜩한 순간의 자문을 떠올렸다. 무덤의 흙을 파헤치고 관의 뚜껑을 뜯어내고 미라를 꺼낸 자문이 특별실에 전시된 소녀를 생각하는 중일까. 이런저런 추정에 몰입되다가 잠들었다.

자문의 움직임이 느껴졌다. 자문이 머리를 앞으로 길게 늘이고 다가왔다. 눈을 감고도 유충처럼 웅크리고도 알았다. 연구실에서 밤늦도록 조사하고 보존 처리하던 새벽에 자문은 늘 그랬다. 가까이 와서 앞으로 숙인 머리가 떨어지면 내 이마를 정통으로 때릴 듯한 자세로 잠든 나를 지켜보곤 했으니까. 자문의 하강하는 날숨을 느끼다가 잠들었다.

유리창에서 새벽이 부옇게 밝아왔다. 자문의 기척이 들리지 않아서 화들짝 눈을 떴다. 무릎에 머리를 묻고 자던 내 습관을 모방하듯 자문이 의자에서 한껏 끌어 올린 무릎에 얼굴을 묻고 잠들었다. 등 굽은 늙은 동물처럼 기우뚱 일어나 한 걸음 내딛다가 곰삭은 기지개를 켰다. 더듬더듬 발바닥을 끌며 자문의 의자로 다가갔다. 연구실에서의 아침이면 환하게 웃던 자문이 미동도 하지 않았다. 등과 목을 잔뜩 구부린 자문의 어깨에 손을 얹었다.

무릎에서 얼굴을 꺼낸 자문이 멀뚱히 나를 바라보다가 슬며시 웃었다. 예전과는 다른 표정의 조화롭지 못한 눈빛. 나는 괜히 눈물이 나서 미라 전시실로 갔다. 어젯밤 새벽녘에 미라를 안고 방사선실로 갔던 게 아닐까. 전시 유리 잠금 디지털 번호를 자문이 모르게 변경했음이 다행이었다.

술자리의 해프닝으로 잊고 있을 때 자문이 또 소녀의 머리뼈 스캔을 요청했다. 교수에게 자문의 주장을 말해야 하는가 고민되었다. 반대와 설득에도 방사선 촬영실에 잠입하여 일을 저지르는 면 어떡하나 염려되었다. 자칫하면 연구원 급여와 박사학위가 물거품되는 상황이 코앞에 도사렸다. 교수가 자문의 헛된 주장을 알아야 한다는 결론에 도달했다.

교수를 만나고 연구실로 들어오는 자문이 고개를 젖혀 웃기 시작했다. 실내의 웅크린 공기를 찢어 흩날리는 웃음이었다. 웃는 자문의 입속을 쳐다봤다. 이빨에 낀 붓의 족제비 털이 몇 개 흩날렸다. 잘근잘근 씹힌 붓을 들고 웃다가 뚝 멈췄다.

"이빨에 족제비가 끼었어."

자문이 태연하게 말했다.

"족제비를 기어코 깨물었구나?"

이빨이 아니라 앞니, 이빨은 동물에나 쓰는 거라며, 나는 속으로 중얼거렸다.

그날 저녁에 우린 부속구이를 찾지 않을 수 없었다. 생각이 골똘해지면 소주를 급하게 마시게 된다는 걸 알기 때문에 일부러 시답잖은 농담을 주고받았다. 특별 전시실의 미라가 불판에 어른거려서 시답잖은 분위기가 불가능했다. 그럴수록 생각이 뒤엉키면서 자문도 나도 표정이 어정쩡해졌다.

"그거 아니? 도살장으로 실려 가는 걸 돼지가 안다는 거."

부속구이 중에 껍데기와 더불어 내가 가장 좋아하는 볼살을 자문이 집게로 뒤적거렸다. 둘이 안주 삼아 요기를 채우려면 이인분 접시가 딱 맞았다. 간혹 취하지 않는 날은 안주로서 부족하긴 했다. 셀프 코너에서 대파를 가져다 구워 안주를 대신했다. 우린 대식가의 축에 들지 못했다. 그래서 주고받는 말도 평범했는데, 미라가 전시되고서 자문이 달라졌다. 그런 자문과 마주 있는 나는 함께 달라지려던가 달라진 척했다.

돼지가 죽으러 실려 가는 것을 안다는 자문의 말이 신빙성이 있건 없건 유쾌하지 않아서 대답하지 않았다.

"누군가의 말이 떠올랐어."

단무지처럼 썬 돼지 고환을 자문이 불판에 얹었다. 염통과 더불어 내가 먹지 않았으므로 자문의 안주였다. 불판에서 쪼그라드는 돈낭을 뒤집으면서, 기어코 내 대답을 들으려는 듯 나를 노려봤다.

"유쾌한 기억이면 말해도 돼."

유쾌한 기억이라는 조건에 자문이 흰자위를 뒤집어 생각했다.

"말하지 마."

뜸을 들인다는 것은 유쾌함으로의 빌미를 찾고 있음이라서 하지 말라고 선언했다.

"걔네 할머니가 멀쩡하던 날 한복을 곱게 차려입고 잠들더니 그대로 돌아가셨대."

돼지처럼 죽음과 연관된 할머니 얘기였다. 자신의 종말을 예언할 수 있음을 말하고픈 거였다. 같은 죽음이라도 돼지는 도살의 강압인데 할머니는 임종을 자각한다는 의미라서 불쾌하지 않았다.

"제발 쓸데없는 소리 말고 먹기나 해."

불판에서 곧 타버릴 듯한 고환을 집게로 집어서 자문의 턱으로 내밀었다. 씨익 웃은 자문이 손가락으로 빙글빙글 굴리던 소주를 마신 후 고환으로 입을 쩍 벌렸다. 집게를 더 내밀었고 자문이 앞니로 물어서 입에 넣었다. 집게에 입술을 댄 듯 찡그렸다가 헤헤 웃었다.

"먹여주니 그렇게 좋아?"

"당연하지."

"또 먹여줄 테니 죽는 얘기 그만하자."

"그럴까?"

"우린 아직 서른 살도 못 됐잖아."

익은 염통을 집게로 먹여주면서, 박물관 전시실의 미라와 우린 불가분의 관계라는 생각이 들었다. 자문이 앉은 간이 의자에서 이음쇠의 헐거워진 소리가 났다. 부품이 원활하게 맞물리지 못하는 삐거덕거림이 처음 들렸을 때 그냥 우연한 소리라고 생각했다. 몸이 흔들릴 정도의 취한 상태도 아니었다. 소리가 잦아지면서 소음이 되었고 엉덩이 흔들림을 주시했는데 일부러는 아니었다. 무엇인가에 골똘한 표정과 눈빛이었다.

"네가 나보다는 더 살 거야."

자문의 의자에서 삐걱 소음이 났다.

"멀쩡한 머리로 취한 소리 할래?"

일부러 엉덩이를 흔들었는데 내가 앉은 의자는 멀쩡했다.

"나는 생각이 너무 많아."

"그건 인정. 너는 사람 놀라게 하는 생각이 많긴 해."

"요즘 깨달았는데. 생각이 수명을 갉아먹어. 사각사각."

진중하게 앉아있지 못하는 자문의 변화가 발견되었다. 안절부절못하는 심중을 의자가 대변하는 중이며, 초조하고 불안해서 어찌할 바를 모른다는 의심이 들었다.

"나 죽으면 고깃덩어리로 버려. 지구를 위하는 일이야."

나와 결혼해서 부부로 살 것처럼 말한 자문의 의자가 또 헐거워진 소리를 냈다. 자문을 강제로 일으켜 내 의자와 바꿨다. 의자는 멀쩡했고 앉은 자가 소음을 일으킨 거였다.

2.

방짜 놋요강

골동품을 수집하다 보면 단순한 깨달음을 얻
게 되는데, 사람마저도 마침내는 기억의 갈피에 묻혀서 외면된다
는 진실이다. 애써 부인하려고 해도, 무엇이든 누구든 시절이 지
나면 속절없이 아련해질 뿐이다.

　아홉 개의 놋요강 중에서 두 개의 방짜를 수집하는 순간은 눈앞
의 장면처럼 생생했다. 댐 건설로 이주한 수몰지에서 물이끼와 곰
팡이 범벅의 요강을 발견한 순간과 등산 후 하산길의 폐가에 버려
진 살림 도구를 헤집다가 덥석 쥐었을 때의 환희란 경이로웠다.

　버려지고 기억에서 사라지고 존재가 무시된 골동품, 요강 수집
의 집착에 몰입되었다. 적어도 오십 년이 지난 요강 중에서 방짜
유기 놋요강이다.

놋요강을 컨테이너 시렁에 진열했다. 필수품이다가 쓸모가 없어지면서 애물단지로 전락했다. 그것마저도 수가 드물어지면서 고물로 취급되다가 거래가 되는 골동품이 되었다.

물건은 시절이 있는 것이고, 그 시절이 종료되면 값을 받고 팔수 있는 상품이 된다는 걸 간파하지 못했기 때문에, 오줌버캐 찌든 요강을 뒤늦게 광적으로 매집하는 나 같은 사람이 생겼다. 돈을 벌기 위해서가 아니다. 집착일 뿐이다.

아이러니하게도 놋요강의 집착은, 무엇이든 일단 꽂히면 중독의 광기를 발하는 성격 탓이었다. 여럿이 모이면 뒤로 물러나서, 그들이 하는 말들을 속으로만 비판과 동조로 평가나 하는 내성적인 탓도 있다. 솔직하게 말해서 나서지는 못하고 뒤로 호박씨 까는 비루한 인간이다.

자생하는 춘란에 몰입되어 주말마다 전라도 내륙의 저수지를 품은 산자락을 뒤지던 날들. 아파트 베란다에 춘란 재배 환경을 꾸몄다. 복륜 호반 중투의 잎 변종과 두화, 홍화, 주금화로 불리는 꽃 명품으로 웬만한 구색을 갖추었다. 봄날 이삿짐을 베란다에 임시 보관하느라 관리가 소홀한 틈에 난이 메말라 죽었다. 생명을 소홀히 여겨 몰살됐다. 후로 강자갈을 뒤지며 기괴한 모양이나 문양의 돌을 찾는 수석에 몰입되었다. 생명이 없지만 수석과 눈을 맞추노라면 이심전심의 대화를 나누었다. 채취되던 시기의 장면과 즈음의 근황이 수선스럽지 않게 기억되니, 내성적이고 뒤로 호박씨 까는 성격과는 찰떡궁합이었다. 자생 춘란이 집착 1기라면 수석은 2기가 되는 셈이었다. 수석 또한 오래가지 못했다. 자연산 약초를 우연히 알게 되고 도라지, 더덕, 백하수오, 송근봉의 약초로 담금주를 담기 시작했다. 집착 3기의 산물인 담금주병이 건넌방 시렁을 채우면서 시들해졌다. 집착 4기는 상록 다년초인 풍란에 빠져들었다. 자연에서 얻기가 불가능해서 풍란 전문 화원을 견학하면서 호반과 복륜 등의 명품을 수집했다. 잎과 꽃의 고고한 기품에 매료되었다. 꽃이 작고 우아하며 향이 그윽해서 지조 높은 선비를 연상케 했다. 집착 5기는 아이러니하게도, 오줌버캐가 덕지덕지한 방짜 유기 놋요강이었다. 꽁보리밥 식당에 진열된 민속품 중에서 방짜 망치로 빚은 구릿빛 곡선이 눈에 쏙 들어왔다.

다섯 차례의 집착에 몰입될 때마다 감내해야 했던 마누라의 군소리에는 이골이 났다. 변덕스럽게 몰입되는 집착 탓에 무덤덤해지는 부부 사이가 다행이라는 눈치였다. 요강 집착이 시작되자 마누라가 잔소리를 꿀꺽 삼켰다. 미쳤다고 단념했거나 기가 막혀서 말이 나오지 않았다거나, 잔소리해야 소용없을뿐더러 헛심만 켠다는 자각일 터였다. 4기까지는 직장에 출근할 때라 시간이 부족했다. 퇴직하고서 여유로워졌는데 다만 돈이 문제였다. 명퇴의 유혹을 참아내고 마누라가 원하는 정년까지 완주했다. 매달 입금되는 연금으로 넉넉하다고 말할 순 없지만 크게 부족하지 않았다. 놋요강이 슈퍼마켓에서 라면을 사듯 빈번한 것이 아니라서 매집 비용에 마누라가 타박하지 않았다. 집착 1기부터 4기의 비용과는 조족지혈이었고, 늙어지면 돈 쓸 줄을 모른다는 우려를 들었을 것이며, 이번이 마지막의 집착이겠지, 안쓰러워서라도 잔소리를 단념했을 터였다.

눅눅한 장마가 잠시 발뺌하듯 갠 날. 구름을 빗물로 뜯어낸 하늘에서 뙤약볕이 따갑게 내리쬐었다. 곳곳에 습기가 도사려서 직사광선이 빚어내는 열기가 살인적이었다.

컨테이너에서 방짜 유기 놋요강을 구릿빛으로 반질반질 닦는 중에 골동품 중개인이 찾아왔다. 볕이 송곳날처럼 뜨겁게 찔러대는 한낮에 검은 우산을 양산으로 쓰고 비지땀을 흘렸다. 젖은 손수건으로 반질반질한 이마를 훔치며 컨테이너로 들어왔다. 새까맣게 변색한 자외선 차단 안경을 벗어 본인을 노출하고 악수를 청했다. 아홉 개의 놋요강 중 일곱 개를 돈으로 수집했다는 증인이 나타나 자존심이 긁혔다.

뜨겁고 건조한 컨테이너에 냉방장치가 없었다. 바람개비 덜덜 도는 소음의 낡은 선풍기가 사십 도로 육박하려는 맹렬한 더위에 힘겹게 저항할 뿐이었다. 뙤약볕을 차단할 뿐이지 찜통과 다름없었다. 덜덜거리는 선풍기의 타이머 종료로 바람개비 회전이 멈출라치면 숨이 턱턱 막혔다.

벽걸이 에어컨이나 회전력이 강한 선풍기 매입의 충동이 없지 않았다. 그 돈이면 언제 나타날지 모르는 놋요강을 사들여야 한다는 강박에 실행되지 못했다. 더구나 더위는 여름 한 철이었다. 정작 필요한 건 난방장치도 아니고 놋쇠가 녹슬지 않도록 하는 제습기였다.

반들반들 닦은 놋요강을 시렁에서 확인한 중개인이 타고 온 그랜저로 손짓했다. 걷는 맵시가 예쁜 여자가 차에서 내려 걸어왔다. 요강 수집에 경쟁자가 나타난 걸까.

중개인이 소개한 여자의 이름은 아야코였다. 오로지 요강만 매집하려고 일본에서 돈다발을 들고 왔다는 그녀는 서른 살쯤으로 젊었다. 아야코가 한국에서 만든 명함을 내밀었다. 질긴 장마로 컨테이너의 텁텁함이 유독했는데 향수인지 화장품인지 달콤한 시렁의 향기가 주변의 냄새를 압도했다. 중개인에게는 내주지 않았던 등받이 없는 둥근 의자를 아야코에게 냉큼 내주었다. 깡똥하니 군살 없는 엉덩이를 의자에 내려놓은 아야코가 감사의 의미로 웃었다. 맑은 웃음과 부드러운 표정이 천성인 듯 인상이 나긋했다. 시렁에 얹은 놋요강의 행렬을 세심하게 바라본 후 무슨 말인가를 할 듯 입술을 오물거렸다.

"파는 거 아닙니다."

요강을 탐내러 왔다는 아야코에게 퉁명스럽게 말했고, 중개인이 번역했다.

"도자기 요강도 있다고 말하네요? 아야코가."

시렁 끝자리에 놓인 사기요강으로 중개인이 손짓했다. 그것 역시 파는 게 아니라고 못을 박았다. 놋요강 대열에 도자기 요강이 있는 이유를 아야코가 물었다. 사기요강을 아야코는 도자기 요강이라고 고집해서 호칭했다. 대답을 머뭇거리다가, 그냥이라고 얼버무렸다. 말해 주기 귀찮았다. 댐이 건설되면서 수몰된 고향을 말해야 했는데, 사십 년이 훌쩍 지난 사연을 털어놔 봤자 빛바랜 관심이 돌아올 뿐, 말한 자가 오히려 머쓱해질 예감 때문이었다.

외딴집을 짓고 고향을 떠나지 않은, 기억조차 가물가물한 친구로부터 전화를 받았다. 가뭄이 극심해서 수몰된 마을이 고스란히 드러났는데 와보지 않겠냐고. 마음이야 굴뚝 같다만 사는 게 녹록하지 않다며 거절했다. 퇴직한 놈이 바쁠 게 뭐냐며 목에다 올가미를 걸었다.

수몰 후 처음 드러났다는 마을로 내려갔다. 용호리 486번지. 수몰 번지. 장독을 놓았던 넓적 돌과 기둥을 받쳤던 주춧돌을 기점으로 마당과 외양간이 추정됐다. 장독과 우물터 사이에서 햇빛에 드러난 구릿빛을 보았고, 흙을 파내면서 요강으로 드러났다. 아홉 살쯤의 검정 고무신짝이 요강에서 나왔다. 수몰선 붉은 깃발로 억박지르며 밀려와 마을을 삼키던 그날의 탁류가 생각나서 가슴이 먹먹했다.

가뭄으로 씻긴 콘크리트 농로가 길손 없이 하얗게 비었다. 요강에 박혀 떠내려가지 못하고 나의 유년을 지키던 고무신짝은 왜 이제야 왔냐며 꾸짖듯 말이 없다.

아야코가 핸드백에 손을 넣어 오방낭자를 꺼내려다 멈췄다. 보여주고 싶은 의도가 갑자기 멈췄다기보다는 호기심을 유도하려는 속셈으로 읽혔다. 오방낭자를 꺼내 왼손에 놓고 오른손으로 여몄던 끈을 끌렀다. 백자 연적이 드러났는데 꽤 소중스럽다는 표정이었다. 인사동 골동품 거리에 가면 흔하게 있을 연적이기에 놀라거나 새롭다는 느낌 없이 무덤덤하게 잠깐 바라보았다.

"바다 건너간 연적을 도쿄에서 발견했답니다."

중개인의 말에, 특별한 것인가? 고개 숙여서 연적을 요모조모 살펴도 오방낭자에 싸서 가져올 만큼 귀해 보이지 않았다. 연적을 보관하는 오방낭자가 더 가치 있어 보였다.

"한국 것이면 일본에서는 귀하디귀한 물건입니다. 특히 도자기 종류는."

어색하고 겸연쩍은 상황에서 중개인이 허허허 웃었다. 인사동

골목에서 흔한 연적에 관심을 드러내지 않자, 떨떠름해진 아야코
가 연적을 오방낭자로 여며 핸드백으로 넣었다.

"한국의 도자기에 관심이 많다는 의사표시일 겁니다."

중개인이 떨떠름한 상황을 정리했다.

백자로 믿고 있는 연적이 모조품인 것을 알아차렸으나 말하지
않았다. 아야코가 오방낭자에다 소중히 여기는 백자 연적은 표면
에 흠결이 없는 순백색이었다. 백자 연적은 청이 은은하게 감돌아
야 진품일 가능성이 높다는 것을 놋요강의 수집 과정에서 귀동냥
으로 들었다. 게다가 모조품이라는 결정적인 증거가 국화 문양에
서 발견되었다. 작고 깔끔한 백자 면에 그린 문양이 매끄럽게 연결
되지 못하고 머뭇거렸다. 진품을 따라 그리다가 멈춤을 반복하며
베끼던 흔적이 미세하게 드러났다. 중개인은 모조품임을 알고서도
말하지 않았다. 한국의 모조품이 일본에서 진품으로 애지중지 되
는 것에 태클을 걸지 않았다.

후쿠시마 원전 오염수 방류로 나라가 시끄러웠던 장면이 아릿해
서, 하얀 이로 말끔하게 웃는 아야코가 귀엽고 이쁘긴 했으나 반
감이 생겼다. 놋요강을 탐한다면 이타적이고 배려심 없는 일본 여
자와 한판 전쟁을 치러야 한다는 예감이 섬찟했다. 놋요강을 한
개라도 **빼앗긴다면** 몸에 두드러기가 나고 손가락이 물갈퀴로 퇴
화할 거라고 각오를 다졌다. 아야코가 걸림돌로 일본에서 건너올

줄은 예감하지 못했다. 스페인과 유럽과 중국 등의 동남아를 여행했지만, 아야코의 나라 일본도 한 번쯤은 가볼 것을 후회했다.

요강이 일상에서 자취를 감춘 지 적어도 오십 년이 지났다. 썩 유쾌한 기억의 물건도 아니고, 배설물을 받아내던 도구를 애지중지 간직하고 있을 세대가 아니었고. 애용하던 세대들이 작고하면서 요강의 존재도 삶의 범주에서 격리되었다. 외면된 놋요강의 위치를 말해줄 조력자가 많을수록 좋았다. 귀띔받을 기회가 생길까, 예고 없이 방문한 중개인을 반기는 심정이었는데 일본 처자가 나타나고서 씀바귀를 씹은 듯 씁쓰레했다.

아야코는 골동품 중개인을 가이드로 고용한 목적을, 계층에 따른 도자기 문양 연구라고 밝혔다. 도예를 전공하는 터라 도자기 문양에 관심 두게 되었다고, 그래서 논문을 작성 중이라고도 묻지 않은 방문의 목적을 밝혔다. 이쯤에서 놋요강에 대한 경쟁 예감이 사라졌다. 놋쇠를 망치로 두들겨 만든 방짜 유기 놋요강은 문양이 거의 없었다. 아사코가 계층에 따른 요강의 문양을 말했는데 타당성이 떨어졌다. 요강은 계층을 초월해서 배설물을 담아내는 그릇이었다. 평민은 당연하고 대갓집 안방의 주인마님도 문간방의 종년도 요강의 귀함과 천함이 없었다.

아야코가 요강의 문양을 말했을 때. 붓으로 친 달마를 떠올렸다. 종교가 불교냐고 물을 뻔했다. 문양은 도자기에만 새긴 게 아니었다. 종교적인 색채가 강한 범종의 문양은 세밀함과 균형감에서 미적 감각이 탁월했다. 고추장과 간장을 숙성하는 장독 문양은 도공이 손가락으로 성의 없이 삐친 단색의 간결함에도 갖가지 멋을 자아냈다. 그런 측면에서 요강의 문양도 다르지 않았다. 아사코가 찾는 요강이 놋요강보다 예술적이라는 판단이 생겼고, 구릿빛 낡음에 매료되었던 놋요강 수집의 초심이 흔들렸다.

요강의 문양을 한국적 시각으로 해석해 낼지 의문이지만, 가치 높은 연구가 될 것이라는 생각에 아야코가 대견스러웠다. 한편으로는 젊은 처녀가 한국의 전통을 해석할 예술적 소양과 감각이 있을지 의문스러웠다.

시렁의 놋요강으로 아야코의 시선이 닿았다. 형틀에 찍어낸 게 아니라 크기와 모양과 어깨 곡선이 제각각이었다. 문양이 없이 은은한 구릿빛 색채, 방짜 망치로 다듬은 곡선, 무엇인가를 발견하려는 눈빛이 반들거렸다. 아야코의 진중한 몰두 탓에 조바심 났다. 요강의 문양을 수집한다는 초심이 방짜 유기 놋요강의 세월이 녹아든 색감과 투박한 곡선으로 돌변하는 건 아닐까 우려되었다.

지난겨울 고려청자 심포지엄에 참가하게 되었는데, 뜻하지 않은 우연이었다. 남해안으로 여행하면서 강진에 들렀을 때 심포지엄 포스터를 식당 입구에서 목격했고, 다음 여행지로의 여유가 있었기에 관람을 자처했다.

발표자가 고려청자 문양의 파초문 의미를 역설했다. 파초는 고려 중후기 문인이 공유했던 문화의 상징이며, 12세기부터 14세기에 이르기까지 파초의 문양 구성과 시문 기법의 변천 사례를 보여주었다. 다음 발표자는 철화기법과 상감기법 문양의 변천 과정을 역설했으나, 내 지식 밖이었다. 화면으로 제시되는 문양의 변화 과정을 꼼꼼하게 구경할 뿐이었다.

다음 여행지 땅끝마을로 이동해야 할 시각이 되었으나 머물러 앉았다. 이어 등장한 발표자는 고려 시대 해석류화(청자 수키와에 새겨진 모란당초문)와 용아혜초(청자 암막새에 새겨진 당초문)의 종교적 상징을 역설했다. '문양으로 고려를 읽다, 용아혜초 해석류화'를 주제로 기획전시가 코앞에 있었는데, 일행이 술자리로 끌고 가는 통에 관람하지 못했다. 여행에서 돌아와 관람하지 못한 것이 후회스러워, 봄과 여름의 두 계절이나 자책으로 시달렸다.

아야코는 문양으로 한국을 읽으러 온 거였다. 고려청자 심포지엄에서 알게 된 얄팍한 견해로도 요강 문양을 수집하려는 아야코의 의도가 수긍되었다. 요강에다 사내는 배설을 위해 무릎을 꿇었다. 여인네는 속옷을 끌어 내린 맨살로 걸터앉았을, 귀족과 양반과 평민과 머슴 계층의 생활 도구이자 문화인 요강의 문양을 탐구함에 비웃을 근거가 없었다. 하필이면 더럽고 지저분하다는 폄훼의 인식이 짙은 요강일까. 의문을 품었지만, 변 묻은 견이 겨 묻은 견을 짖는다는 빙충맞은 꼴이라서 의문을 접었다. 내가 놋요 강에 집착하듯 아야코도 사기질 요강의 문양에 집착하는 이유가 있을 테니 말이다. 아야코는 연구 논문을 작성한다는 이유가 뚜 렷했다. 놋요강을 수집하는 뚜렷한 이유를 당장 말할 수 있을까. 자문하고서 얼굴이 붉어졌다.

아야코에게 범종의 문양을 권하고 싶은 충동이 생겼다. 범종의 문양은 세밀함과 균형감에서 미의 가치가 탁월했다. 한국의 전통 문양에서 범종 떡살 민화 사군자 봉황 십장생 수복문 칠기의 독 특하고 개성 뚜렷한 문양의 폭넓은 연구를 권하고 싶었다. 아야코 가 계층에 따른 문양이라고 밝혔기 때문에 말하려다 그만두었다.

고추장과 간장을 숙성하는 장독의 문양을 언뜻 보면 성의가 없 어 보였다. 여백의 가치를 깨닫지 못했기 때문이다. 그런 측면에서 여백의 의미를 깨닫고서 사기질 요강의 문양을 수집하러 왔다면 놋요강의 집착에 맹렬한 나는 쥐구멍을 찾아야 할 당사자였다. 풍 란 집착의 연장으로 맹목적인 수집에 빠진 나는 아야코처럼 학문 이나 연구와는 거리가 멀었다. 부끄러웠다.

고려청자와 조선백자의 단아한 문양을 섭렵한 아야코라면 놋요 강을 스쳐볼 안목이 아니었다. 그리고 보면 놋요강은 여백의 가치 에서 우월한 예술품일 수 있다. 방짜 망치의 두들김 흔적이 언뜻 살아있는 여백에서 예술적 가치가 숨어있지 않을까.

아야코가 놋요강 시렁으로 시선을 반복해서 집중했다. 두들김이 서린 방짜 유기의 곡선에서 예술로 승화된 사용감과 소박함을 응시하는 아야코, 무엇인가를 잡아채려는 눈빛으로 반들거렸다. 놋요강에 눈독 들이는 아야코가 문양을 수집하러 왔다는 태도가 아니라서 의아했다. 문양 없는 놋요강에 매료된 아야코를 앞에 두고 조바심 났다. 놋요강을 닥치는 대로 매집해서 일본으로 가져가는 상황이 아니기를 내심 원했다.

"유기는 제 전공이 아니에요."

다행하게도 아야코가 놋요강에 눈독 들이지 않는다고 선언했다. 아야코의 표현으로 도자기 요강이라는, 사기요강을 연구한다니 어리석고 불쌍해서 비웃음을 슬쩍 비쳤다. 한국 사람의 오줌이 균열의 틈으로 찌들은 요강을 껴안고 일본으로 가겠다는 바보스러움이 가여웠다. 고려청자, 조선백자가 아닌 요강의 매집에 맹렬한 아야코가 우스웠다. 고려나 조선의 도자기라면 환장하는 섬나라니까. 고려청자와 조선백자를 모방할 재주마저 비천하니 그럴 것이다. 불쌍한 아야코.

반들반들하니 꼼꼼하게 닦아도 요강은 수명이 제한되었다. 뚝배기를 오래 쓰면 담장 밖 돌부리에다 깨버리는 이치와 같았다. 빌려준 사기그릇은 깨지기 마련이고 문밖으로 나돌아 댕기는 계집은 흠집이 난다는 속담과 같은 맥락인데, 사내는 요강을 들거나 무릎을 꿇었고 여인은 속살로 걸터앉았다. 체중을 얹었다고 실금이 생기지 않겠지만 부딪히고 넘어지면서 고약한 냄새를 완전하게 닦아낼 수 없는, 눈에 보이지 않는 균열이 생겼다. 그런 이유로 사용감 있는 사기질 요강은 수집하지 않았다. 아무리 닦아도 오물이 찌들어 있기 때문이었다. 그런 사실을 모르는 아야코가 놋요강이 아닌 사기질 요강에 눈독을 들였다.

가을 초입에 중개인의 전화가 왔다. 어깨 곡선이 독특한 놋요강을 손에 넣었으니 와보라는 것이다. 어렵사리 구했음을 강조했다. 값을 단단히 준비하라는 의미다. 인사동 골동품 거리에 갖가지 요강이 즐비했다. 인터넷 카페나 블로그에서 놋요강을 판다는 게시물이 곧잘 올라와 거래가 성사되었다. 판매자의 요구 금액이 들쑥날쑥하긴 해도 대략의 가격이 형성되었다.

뜻밖에도 중개인의 전시실에서 아야코를 만났다. 중개인을 가이드로 고용한 채 줄곧 체류 중이었을까. 물으려던 차에, 일본으로 돌아갔다가 어제 한국으로 왔다고 중개인이 말했다. 요강의 문양 수집이 끝났는지 묻고 싶었다.

"놋요강 몇 점 가져가려고 왔답니다."

중개인의 말에 나는 노골적으로 아야코를 쏘아봤다. 놋요강의 수집에 방해꾼이니 불쾌감을 드러내지 않을 수 없었다. 아야코는 예감한 듯 개의치 않는다며 살짝 웃었다. 하얗고 고른 치아. 검고 윤기 자잘한 머리. 앉아있어도 드러나는 잘록한 허리. 매끄러운 목선과 도톰한 가슴. 그녀는 외모에서 압도했다. 거리로 나가 또래와 섞여도 우월한 외모라서 은근하게 화났다.

중개인과 대화하는 길지 않은 시간에 드러난 아야코의 요강에 대한 식견이 놋요강을 아홉 개나 수집한 나보다 우월했다. 일본으로 돌아가 있는 동안 요강에 대한 지식을 꽤 습득했다. 인터넷이란 게 국경 없이 검색되니 가능했다. 배설물을 받아내는 그릇에 매료될 줄 몰랐다며 아야코가 자조적으로 말했지만 자랑이었다.

요강은 요항에서 유래되었다. 요강의 역사는 삼국시대 토기에서 뿌리를 두고 있다. 신분의 높고 낮음을 막론한 필수품이었다. 요강이 신분상 차이가 있다면 만드는 재료에 차등 두었다. 도기 자기 유기 목칠기 다양한 재료로 만들어졌다. 놋요강은 모양이 조그만 백자항아리 닮았고 뚜껑이 있으며 규방에서 사용되었다. 아야코가 인터넷에서 검색한 얄팍함을 술술 끌러놨다. 여성이라서 놋요강에 더욱 관심이 생겼다며, 경쟁자가 되겠다는 선언에 마음이 불편해졌다.

수몰지에서 소싯적 요강의 추억이 생생하다. 사기질 요강이나 스테인리스 요강은 사용 경험이 있으나 놋요강은 있는 줄도 몰랐다. 그래서 놋요강에다 5기 집착이 시작되었는지 모르는 일이었다. 잠에서 깨면 요강을 공동 우물터에서 부셔야 하는 시기가 있었다. 잠 덜 깬 투덜투덜 걸음으로 헛디디거나 돌부리에 걸려 느닷없이 엎어지던 장면이 생경하다. 나동그라진 요강이 쩍 갈라지고 찰랑찰랑한 오물이 쏟아졌다. 얼굴과 앞자락이 쏟아진 오물로 범벅이던, 지금도 떠올리면 멀쩡한 속에서 구토가 치미는 참사였다.

사기요강이 장롱에 이불처럼 보관된 것을 알았을 때, 할머니가 꿀단지를 숨겨둔 줄로 여겼다. 꿀단지는 참을 수 없는 유혹이었고 아무도 모르게 열어본 순간 어린 입에서 피식 헛웃음이 나왔다. 어린 눈으로도 한낱 요강인 것을, 마치 백자항아리처럼 귀히 여기는 할머니가 우스웠다. 동백기름으로 닦아서 푸른 빛이 감도는 하얀 요강의 곡선이 매끄럽긴 했으나, 머루 줄기와 잎과 더듬이 문양을 하늘색으로 그려 넣은, 그냥 요강이었다. 이것은 보물이 아니라 배설물을 담아내는 용기에 불과함을 일러주려는 속셈으로 오줌을 누었다가 할머니에게 심한 야단을 맞았고 아버지가 종아리를 때렸다. 피멍 든 종아리에 고약을 발라주는 할머니의 얘기를 듣고서 장롱에 둔 요강을 허투루 여기지 않았다.

전쟁통에 어느 지역이든 경찰 가족의 수난이 가혹했다. 할아버지는 순경이었고, 인민군이 마을에 들어왔을 때 마루 밑에 구덩이를 파고 은신했다. 인민군의 앞잡이가 된 마을 머슴이 집요하게 할아버지 행방을 추궁했고, 구덩이에서 굶어야 하는 끼니가 허다했다. 연합군이 마을로 들어왔어도 함부로 나올 수 없었고, 할아버지 동료가 경찰서를 장악한 후에야 구덩이를 열었는데, 바짝 마른 할아버지를 발견한 할머니는 구덩이에서 부둥켜안고 있던 요강이 더없이 고맙고 소중스러웠다고 눈물을 흘렸다.

　유치원생과 방문한 여인을 며느리와 손녀라고 중개인이 소개했다. 아이의 사회성 발달은 부모의 인간관계에서 비롯됨을 증명하듯 며느리와 손녀가 중개인은 물론 방문객 아야코와 내게 깍듯이 예의를 갖추었다. 아야코가 손녀를 안아주면서 볼에 입술을 맞추었다. 결혼 의사가 전혀 없다는 서른다섯 살의 아들, 천덕꾸러기를 둔 나는 부러웠다. 참 웃기는 일이다. 부러우면 같이 기뻐해야 하는데 부글거리는 괜한 짜증으로 씀바귀를 씹은 표정을 짓고 말았다. 스스로 비루해지는 모질이었다.
　요강 수집에 동행하는 것이 어떠냐고 중개인이 제안했다. 아야코가 눈을 반짝 말똥거려 환영했고, 생각 좀 해야겠다며 머뭇거렸다. 충분한 생각은커녕 일 분도 지나지 않아 얼떨결에 승낙했다. 자존심이 밟힌 맥주캔처럼 찌그러졌으나 이국의 젊은 여인과의 동행에 기분이 썩 나쁘지 않았다.

컨테이너를 방문하고 싶다고 아야코가 청했다.

"안 될 일."

즉시 거절했다. 견물생심이라고, 보고 또 보다가 예측하지 못한 요구를 해올지 모르는 일이었다. 사실 놋요강이 컨테이너에 있지 않았다. 중개인과 아야코의 방문 후 찜찜해서 마누라의 반대를 꺾고 방으로 옮겼다. 가보면 안 되냐며 아사코가 재차 보챘다. 안 되는 이유가 또 있었다.

마누라가 어찌어찌 이틀이나 외출했다. 때는 지금이로다. 무릎을 치며 김치냉장고 깊숙하게 숨겨둔 홍어를 꺼냈다. 뚜껑만 열어도 공포의 암모니아가 확산하는 탓에 사다놓고 먹지 못한 시간이 한 달 가까이 됐다. 뚜껑을 열자 오래 묵은 똥독의 진득한 냄새가 실내를 장악했다. 삭은 것을 듬뿍 넣고 매콤 라면을 끓였다. 한 모금 삼켰을 때 목구멍에서 암모니아 가스가 훅하니 되올라왔다. 오물이 가득해서 폐가에 묻혔던 요강의 구린내가 목구멍으로 치솟았다. 내 몸이 요강을 자처했다는 뿌듯함에 사로잡혔다. 아내가 지켜봤다면 더럽기가 짝이 없다는 표정일 테고, 그래서 아내의 외출을 틈탄 도발이었다. 아야코를 대동하고 실내로 들어갔다간 코를 틀어쥘 상황이었다.

곡선이 독특하다는 놋요강을 보여달라고 아야코가 중개인에게 요청했다.

"색감도 문양도 잘 보존된 연적도 내오시지?"

청자연적도 내오라며 내가 덧붙였다. 아야코의 눈이 동그랗게 커졌고 회심의 미소가 입가로 맴돌았다. 지난 방문에서 백자 연적 모조품을 오방낭자에 여미던 아야코가 떠올라 슬그머니 웃었다. 놋요강도, 청자연적도 그 어떤 골동품이면 싸잡아 매입할 듯 아야코의 얼굴이 탐욕으로 물들었다.

중개인이 번호를 눌러 디지털 잠금을 해제하고 안으로 들어갔다. 정교하게 베낀 연적 모조품을 중개인이 내온다면 아야코에게 선물하겠다는 요량으로 오방낭자를 준비했다. 알록달록 다섯 색깔 천을 잇대어 바느질한 오방주머니에 담아 일본으로 가져갈 수 있도록.

아야코는 인사동 근거리의 숙소에서 묵을 것이며, 방짜 유기 놋요강은 물론이거니와 도기 요강, 사기질 요강, 스테인리스 요강, 목 칠기 요강을 적어도 두 개씩은 가져갈 것이라고 욕심을 부렸다. 아야코와 동행하면서 쇠가죽 요강이나 한지 칠기 요강을 만나면 일본행으로는 절대로 하락하지 않을 작정이었다.

흔했던 요강은 골동품 거리에서 어렵지 않게 구할 수 있었다. 아야코는 민가에 숨은 요강만 필요하며, 사용감을 직접 목격하고 듣겠다는 포부를 밝혔다. 손쉽게 요강을 돈으로 사들이는 게 아니라, 요강에 녹아든 삶을 듣고자 함이었다. 나와 같은 의중이었다. 동행을 얼떨결에 응했지만, 아야코의 깊은 뜻을 알고는 괜찮은 정도를 넘어 탁월한 동행의 선택이었다고 자찬했다.

요강 수집의 특별한 사연이나 과정을 말해 달라고 아야코가 요청했다. 돌이켜 보니 특별한 사연이 없었다. 아니, 애초부터 사연을 알려는 시도가 없었다. 물건을 손에 넣는다는 집착뿐이었다. 값을 치르고 나서 혹여 생각이 바뀔까 줄행랑치듯 돌아온 기억이 전부였다. 수몰 지역에서 운 좋게 눈에 띈 것. 등산 후 하산길의 폐가에 버려진 가재도구를 뒤지다가 주워 든 것에서 사연이 녹아 있을 가능성이 있지만, 요행과 행운의 순간으로 덮어버렸다.

배설물의 그릇이 아닌 사연을 수집하자며 아야코와 의기투합했다. 어느 곳으로, 어떻게? 막막한 상황에서 아이스 아메리카노를 두 잔씩 마셨다. 아야코가 커피를 제법 즐기는지 녹지 않은 얼음을 달그락달그락 흔들어 입맛을 다셨다.

메뉴가 달라야 한다는 아야코의 주장으로 자장면과 짬뽕과 볶음밥을 점심으로 배달시켰다. 한국에 체류하면서 무엇이든 경험하겠다고, 심지어 공간에 따른 공기의 맛까지 골고루 음미하겠다며 아야코의 눈빛이 반들거렸다. 아야코가 음식을 나눌 접시를 중개인에게 요청했다. 라면을 끓이는 냄비는 있어도 접시는 없다며, 여주 도자기 공방의 머그잔을 내왔다. 한눈에 보아도 제법 운치가 돋보였다. 회색 반점이 드문드문 찍힌 백자 머그잔을 아야코가 눈독 들여 살폈다. 찰흙으로 빚어 굽고 색깔이 진하게 유약을 칠한 후 빤질빤질하도록 구워서 여백의 멋을 풍겼다. 소소함도 세심하게 관찰하며 배우려는 태도인가. 호기심이 강한 본성의 소유일까. 한국의 전통 멋을 건성으로 여기지 않는 아야코의 행동이 밉지 않았다.

커피 마실 머그잔으로 짬뽕을 나누어 담기란 유쾌하지 않았다. 달큼한 자장면을 먼저, 볶음밥을 다음에, 맵고 맛이 강한 짬뽕을 마지막에 먹어야 한다는 의견을 아야코가 제시했다. 배달 음식에 익숙한 중개인이 동의했다. 밀가루로 만들거나 배달된 음식은 청산가리처럼 꺼리는 나는 아무렇게나 먹어도 결국은 똥이라며 고개를 저었다. 퇴직한 당신은 똥 기계라던 마누라의 농담이 생각났다. 이유를 되묻자, 맛 좋은 음식으로 똥이나 만들고 있잖아? 즉답이 왔다. 마땅한 일이 없는 퇴직자의 나락을 실감했다. 마누라가 무안하다며 웃었으나 후유증에 시달렸다. 그래서 놋요강에 집착했는지도 모를 일이었다. 중개인이 슈퍼에서 표면이 말끔한 일회용 접시를 사 왔다. 아야코가 달착지근한 일회용 봉지 커피를 탔다.

이틀 후, 중개인으로부터 문자가 왔다. 아야코의 약속을 먼저 상기시키더니 갈 곳이 생겼다며 목적지를 보냈다. 목적지에 개별적으로 가느냐는 질문에 동행해야 한다는 회신이 왔다. 약속한 장소에서 중개인의 그랜저에 탑승했다. 운전자 보조석에 아야코가 타고 왔으므로 뒷좌석에 앉았다. 가볍게 인사치레의 말이 오갔고 싱글싱글 웃는 아야코의 표정이 밝았다.

요강의 정보를 말해야 할 중개인이 잠자코 운전하며 뜸을 들였다. 어느 곳으로 가는 걸까. 묻지 않았다. 분기점을 지나면 대략은 짐작할 수 있어서 기다렸다. 호남고속도로로 접어들고 여산 휴게소에서 정차했다. 중개인과 나는 아이스 아메리카노를 택했고, 아야코가 달큰한 일회용 봉지 커피를 마시겠다고 했다. 커피 매점에서 봉지 커피는 없었다. 휴게소 마트에서 이십 개들이 봉지 커피를 사서 아야코에게 선물했다. 중개인이 트렁크에서 종이컵을 가져왔고 뜨거운 물은 식당 음수대에 있었다. 진한 시럽처럼 달큰해서 우울하거나 당 떨어질 때 요긴한 봉지 커피, 다이어트의 적이며 성인병의 원흉이라는 말을 건네며 두 봉지나 컵에 희석했다. 아야코가 오줌이 싯누렇게 찌들은 요강에 매료되었듯이 봉지 커피를 새로운 문화로 기뻐했다. 기회가 된다면 유리 글라스에 봉지 커피를 세 개나 털어 넣고 약간의 뜨거운 물로 희석한 다음 얼음을 잔뜩 얹은, 아이스 봉지 커피의 황홀한 단맛을 중독시켜야겠다고 작심했다.

중개인이 동행의 목적지를 말하기 위해서 휴게소 건물 밖의 팔
각정으로 안내했다. 산악회 무리가 포장해 온 음식을 먹고 일어서
는 중이었다.

"우리는 어디로 가는 중일까요?"

중개인이 스무고개 문답을 시작하듯 대화의 꼬투리를 열었다.

"아주 오래된 마을이겠죠?"

아야코가 첫 고개를 넘으며 싱글싱글 웃었다.

"노인만 사는 은둔의 고립된 마을일 테고?"

두 번째 고개가 가뿐하게 넘어갔다.

"옳거니. 답이 나왔네요?"

두 고개만 넘었는데 중개인이 문답을 종료했다.

"외딴집이 듬성듬성 남은 고산지대 마을일 테죠?"

아야코가 중개인의 종료에도 세 번째 고개를 넘었다.

"반은 맞고 반은 아닙니다."

중개인이 아리송한 말을 하고는 출발을 서둘렀다.

듬성듬성한 외딴집이 맞는 걸까? 고산지대 마을이 맞는 걸까?
중개인은 요강에 녹아든 삶, 세월의 뒷자락에서 속절없이 아련해
진 애환을 어떤 경로로 얻었을까. 출발 시점보다 궁금한 것이 더
많아졌다.

오늘은 고단할 테니 먹어두라며 중개인이 낱개로 포장된 비타민 알약을 내밀었다. 얼마 전까지 복용했던 비타민이라서 만지작거렸다. 룸미러로 재촉하는 듯한 중개인의 조용한 시선에 포장을 뜯었다. 먹지 않을 이유가 없었다. 아사코는 생소했는지 눈치 보면서 주저했다. 다음 휴게소에서 점심을 먹어야 했다. 이틀 전의 점심처럼 세 종류의 음식을 주문해서 셋이 골고루 나누어 먹었다.

"혹시 섬으로 가는 거 아니오?"

퍼뜩 떠올라서 반 옥타브 높여 물었다.

"겁나요? 무인도일까?"

중개인이 뭉글뭉글 웃었다.

한국의 무인도? 아야코가 싱글벙글 웃었다.

정작 말이 많아야 할 중개인이 입을 다물었다. 누군가 말하면 속으로 되새김하며 비평의 호박씨를 까는 나는 조용한 것이 편안했다. 발랄한 아야코가 숨이 막히는 듯 말머리를 꺼내도 호응이 시답잖아 시무룩해졌다.

깜빡 잠들었고 여객선 터미널에 도착했다. 낚싯배를 절충한 후 오십 분 거리의 작은 무인도에 들어갔다.

파랗던 페인트가 너덜너덜 뜯긴 녹슨 대문. 풀이 웃자란 마당.

누가 봐도 사람이 살지 못할 외딴 빈집이었다. 문이란 문이 비틀어져 제대로 닫혀있지 않았다.

"누구든 계실까요?"

폐허의 문짝에서 아야코의 목소리가 떨렸다.

"무인도랍니다."

중개인의 대답이 허허로웠다.

망망대해 섬 하나가 외톨이라서, 이웃 섬과는 거리가 멀어서, 하루 한차례도 적자가 너무 크다고 폐항되었다. 선주의 타산적인 결단이 마을을 없애버렸다는 게, 마을의 삶을 감쪽같이 지워버렸다는 게, 그럴 수도 있나 의아했다.

허리 굽은 백발의 누군가 문을 밀쳐 열고 모습을 드러낼 것 같았다. 놋요강 수집하러 깊은 골짜기 외딴집으로 들어갔을 때 맞닥뜨린 노인이 생각났다. 허리가 굽은 백발인가 싶었는데, 막 걸음을 떼는 어린애 같기도 하고, 아기를 안은 할멈처럼 뒤뚱뒤뚱 걸었다. 요강을 비우러 나오는 중이었다. 오물이 찰랑찰랑한 놋요강이 기뻐서 소리 지를 뻔했던 기억이 났다. 노인의 고집으로 얻지 못하고 되돌아 나왔다. 얼마 남지 않은 삶에서 요강은 출가한 자손보다 나은 동반이었을 터였다.

"섬의 집은 비틀어지고 부풀기 마련이지. 문이 커졌겠나? 그렇다고 집이 작아졌겠나. 소금기 먹은 습한 바람이 밤낮 불어대는데 당해낼 재간이 있겠어?"

홈그라운드에 도착한 듯 중개인이 투박하게 말했다. 폐가의 구석구석이 익숙한 듯 걸음이 빨라지며 기둥과 문짝과 벽을 차례로 어루만졌다. 중개인의 추억이 흠씬 녹아있는 행동이었다. 여기 어딥니까? 여기 아십니까? 어떻게 물어야 할까 망설이는 틈에,

"여기서 자랐어요?"

아야코가 물었다.

"우리 아들의 고향이지요."

장독이 놓였을 돌판에 앉은 중개인이 털털하게 웃었다. 뜬금없는 선언이라 아야코와 눈을 맞추었다.

"혼전에 애를 가진 아내가 도둑고양이처럼 몰래 출산하러 왔던 곳이라오."

종일 햇살을 받으며 고추장을 숙성시켰을 장독처럼 중개인의 표정이 평화로웠다.

"처녀 혼자 출산하러 외딴섬을?"

아야코가 화들짝 놀랐다.

"아내의 외할머니가 사셨으니까."

중개인 이미 알고 있다는 듯 간단한 걸음으로, 놋요강과 사기요강을 찾아냈다. 사기요강은 배설물을 비우지 않았던가, 눈비를 고스란히 담았던가, 오물이 가득했다. 내 눈에 쏙 들어온 놋요강은

태풍에 구르다가 모서리에 부딪혔는지 공기 주발이 안착할 정도로 찌그러졌다. 장독이 놓였을 넓적 돌에 요강 두 개가 놓였다.

중개인의 아들을 낳으러 처녀가 외딴섬으로 왔다니, 듣지 않아도 어림 되는 사연에 숙연해졌다. 가슴이 아릿하고 애잔해질 게 뻔해서 듣고 싶지 않았다.

"외할머니는?"

산파였을 처녀의 외할머니를 아야코가 물었다.

"저기 계시잖소?"

마주 보이는 낮은 자락의 잡초가 해마다 우거졌다가 쓰러진 묏등으로 중개인이 손을 뻗었다.

놋요강의 찌그러진 사연과 사기요강에서 케케묵은 사연을 묻지 않았다. 폐가와 버려진 무덤으로 쏟아지는 햇살의 현(絃)에서 뚜둥 가야금 단조가 울릴 듯 가슴이 무거웠다.

낚싯배가 정박한, 콘크리트 모서리가 허문 부두로 노을이 노릇노릇 감돌았다. 선장이 서둘러야 한다고 소리쳤다. 곡선이 우그러진 방짜 놋요강과 오줌버캐가 누런 사기질 요강을 아야코가 가방에 넣었다.

돌아오는 휴게소에서 달큼한 봉지 커피를 얼음물에 섞어 아야코에게 주었다. 요강에 배설된 가족사를 듣겠다던 아야코가 침묵했다. 중개인의 침묵과 아야코가 우울해 보이는 것이 내 기분 탓인가 싶었다.

아홉 개나 수집하고서 희미해진 할머니의 요강을 되새긴 기억이 없었다. 시렁에 진열된 아홉 개의 요강마다 소외되고 낡은 사연이 찌든 듯 서글픔이 밀려왔다. 방짜 유기의 곡선을 윤이 나도록 닦으면서 안으로는 손이 들어가지 않도록 겉만 굴리던 행위가 부끄러웠다.

3.

카페 도라마르

수제 쿠키 창업을 내게만 귀띔했다. 고립을 자처하는 은둔 기질로 카페 방문객을 상대할 수 있으려나. 능청맞고 수다스러워야 할 텐데. 자존심은 토끼 간처럼 배밖에 두어야 할 테고.

도라를 믿었다. 절친이니까. 비문이 마모된 묘비처럼 속을 드러내진 않지만 빈틈없는 성격이니까. 나름의 계획이 준비되었겠지. 성공 예감 말고는 어떤 추정도 하지 않았다. 그럼에도 잘해보라고 응원하지는 못했다.

하얀 피부와 유연한 머리칼. 턱선이 동그랗고 짧은 동안이라 늘 부러웠다. 바둑알을 넣은 듯 말간 눈동자로 홉뜨면 볼을 꼬집고 싶은 순수의 미녀였다. 부러움의 극치인 외모로도 사교성이 부족하다는 게 내가 아는 도라의 단점이었다. 고등학교부터 알게 되었고. 대학교도 경제학 전공도 같았다. 나를 따라서 대학과 전공을 선택한 게 아닐까. 내 인생을 통째로 모방하려는 건 아닐까. 의심도 가끔 들었다.

둘도 없는 절친 도라의 예쁨이 달갑지만은 않았다. 남자 친구를 만나러 갈 때는 도라에게 절대로 말하지 않았다. 신입 사원 채용 면접장에 도라와 같이 들어간다는 것은 상상만 해도 끔찍했다. 외모로 어필되는 첫인상에서 도라를 제치고 합격할 자신이 없었다.

도라는 귀엽고 잘생겼어도 친구가 많지 않았다. 소수의 깊은 사귐만 고집했다. 마음 트기가 어려웠고, 친구가 되면 절대로 배신하지 않을 소심한 성격이었다. 내가 알기로 도라에게 남자 친구가 생겨 본 적이 없었다. 사교성이 부족했고 외출이 잦지 않았다.

도라가 연봉이 빵빵한 은행의 신입 채용에 응시하지 않았다. 조직에 얽매여야 할 시간이 아깝다는 이유였다. 부모가 구해준 원룸에서 머무르는 시간이 많았다. 은행의 채용 면접장에 나를 따라오지 않아서 고마웠다.

취업으로 얽매이기 싫어하는 까닭은 쿠키와 커피였다. 취업에 성공한 내가 도라의 표현대로 조직에 얽매일 때 원룸에서 수제 쿠키를 구웠다. 원두를 로스팅하고 갖가지 커피를 내렸다. 도라의 원룸 방문마다 지중해 남아메리카 동남아시아산 원두를 로스팅한 커피를 골고루 맛보았다. 원룸의 특별하지 않은 도구로도 구워낸,

살찔 염려 없으니 양껏 먹어도 된다는 도라의 쿠키가 독특했다.

도라의 카페 창업을 졸업하기 전에 예감했다. 무슨 일이든 허투루 하는 성격이 아닌 특유의 말 없음으로 생각에 몰두하는 습관을 소유했다. 말 없는 자의 생각이 깊은 이치였다. 무엇이든 빈틈 없는 도라. 마주 앉아만 있어도 성공 예감을 주는 홀로서기의 달인이었다.

도라의 창업에 대한 우려는 사치였다. 신혼살림으로 마련한 연립주택이 입주도 전에 깡통전세 사기에 걸려들었다. 극단적 선택도 생각하는 수렁에 빠졌다. 날벼락이 떨어져도 이보단 잔인할 수 없었다. 벼락은 다 같이 맞는 것이니 억울함을 나눌 수 있다. 사기에 걸려든 충격은 오로지 결혼을 앞둔 한 쌍의 몫이었다. 어떡해서든 꼭짓점으로 뒤틀린 변곡점에서 평지로의 안착이 절박했다.

노을이 감도는 저녁에 도라가 창업했다는 카페 골목으로 향했다. 도라가 이미 완성했을 실내 디자인을 상상했다. 쿠키를 굽고 커피콩을 로스팅하려면 적어도 교실 반 칸의 공간이 될 거라고 예감했다. 계약서에 서명하고 계약금을 건넸다는 상가에 도달하면서, 기구와 가구를 들여야 하는데 비좁다며 도라가 우울해졌다.

대학가라서 골목으로 오가는 젊은 층이 많았다. 얼핏 보아도 성공 예감의 장면이었다.

"지나가는 사람의 일 퍼센트가 고정 고객이면 무조건 대박이다."

도라가 키득거렸다. 마침 하교한 여학생들이 골목으로 우글우글 몰려 들어왔다.

천연 발효종의 쿠키를 굽고, 로스팅한 원두를 분쇄해서 커피를 추출하겠다는 공간이 협소했다. 건물 모퉁이 자투리라서 잡다한 수납에나 적합했다. 건물터가 예각이라서 어쩔 수 없이 만들어진 공간이라 네모로 반듯하지도 않았다. 도라가 문을 열고 멋쩍게 웃었다. 나는 우려되는 표정을 참지 못했다.

코로나의 행동 제한이 풀리면서 욕심이 발동한 건물주가 상가의 수납공간을 비워 임대로 내놓았다. 예각으로 구석진 내부 때문인지 보증금을 낮추었는데 월세가 만만하지 않았다. 도라 성격상 쿠키의 판매가를 적정가보다 낮게 책정할 게 뻔해서 월세 부담이 걱정되긴 했다.

도라가 직접 구운 쿠키의 스마트폰 사진으로 디자인한 홍보물을 출입문에 붙였다.

"작지만 꿈의 둥지가 될 거야."

도라가 카페 안쪽으로 외치듯 말했다.

주문받고 계산하는 테이블 뒤 예각의 좁아터진 모퉁이에 쿠키 굽고 커피 내리는 도구를 오밀조밀 배치했다. 가장 긴 벽에 좁고

긴 탁자와 둥근 의자 다섯 개를 놓았다.

예각의 옹색한 공간이 꿈의 둥지가 될 수 있을까? 나는 벽에 붙은 좁고 볼품없는 탁자에서 도라의 꿈을 의심했다.

"회전해서는 곤란해."

도라가 둥근 의자에서 엉덩이를 비틀어 회전하지 않음을 증명했다.

"회전해야 편하지 않을까?"

"그렇기는 하지만 다섯 명이 동시에 앉기가 곤란해."

"테이크아웃이라고 입구에 써 붙여."

"굳이 그럴 필요는 없어."

출구 쪽에 배치한 사인용 탁자로 도라가 옮겨 앉았다.

둥근 의자에 다섯 명, 탁자에 네 명. 아홉 명만 동시 입장 가능한 카페가 구성됐다.

여학생이 들어와 수제 쿠키를 사겠다고 말했다. 도라가 개업 날짜를 알려주고서 여학생을 친절하게 배웅했다.

"문 열고 오 분도 되지 않았는데. 대박 예감이다."

카페의 성업 예감을 의미하는 엄지손가락을 치켜들었다. 도라가 커피 마시자며 주문 테이블 뒤로 향하는 개구멍으로 들어갔다.

건물 맞은편의 주민센터와 공원의 벤치가 있어 다행이라고 생각했는데, 겨우 아홉 개의 의자라서 은근하게 불안했다. 앉을 자리가 없는 옹색한 카페로 입소문 돌아 재방문하지 않을 우려가 도사렸다. 도라의 수제 쿠키 맛이 우려를 잠재우면 좋겠다고 희망을 품었다.

커피의 쌉싸름한 향에다 부드럽고 고요한 초콜릿이 어우러진 맛이라며, 개구멍으로 나와서 모카커피를 들고 왔다.

"커피는 마시기 전에 향을 음미해."

카페에서 처음 내린 커피의 기원은 예멘의 항구도시 모카에서 비롯되었다는 것. 에티오피아에서 처음 발견된 커피가 예멘으로 전파된 것. 예멘은 커피와 초콜릿을 모두 생산하는 지역이므로 커피의 본래 쓴맛과 코코아의 자연스러운 단맛이 조화를 이루었다는 것. 이러한 독특한 결합은 모카라는 이름으로 퍼져나갔다는 것. 전에도 들었던 모카커피의 역사를 도라가 친절하게 말했다. 나는 처음 듣는 것처럼 고개를 주억거리며 환하게 웃었다.

도라와 매주 만나면서 커피의 종류를 알게 되었다. 커피는 그저 잠 못 드는 카페인의 쓴맛이라는 상념에서 벗어났다.

"노을이… 갈색 시럽 같구나."

공원으로 깔리는 노을에 감탄하며 중얼거렸다.

"그렇지? 노을 속으로 들어갈래?"

도라와 노을이 노릇노릇한 공원으로 걸어가 벤치에 앉았다.

"커피잔에 노을이 물들었다."

한 모금 홀짝거렸다. 커피 특유의 쓴맛에 달착지근함이 얼핏 감돌았다.

"그렇지? 마음이 갈색으로 가라앉았어. 그렇지?"

도라가 요즘에 '그렇지?'를 부쩍 말했다. 동조의 대답을 반복 요청하며. 카페 개업의 불안을 달랬다. 도라가 갈색 시럽이라고 칭한 모카를 혀에 물고 음미했다. 쓴맛에 버무린 초콜릿의 달콤함이 도라의 말처럼 생각에 감겼다.

주말에 시간제 아르바이트 기회가 있을까. 은근하게 기대했다. 가게를 보고서 생각을 접었다. 도라의 투자금이 많지 않은 액수일 것이며, 잘못된다 해도 잃을 것 역시 작을 만했다. 불행하게도 부풀었던 꿈이 와르르 무너지는 돌발은 도라의 몫이었다.

"카페 이름을 같이 생각해 줄래?"

도라가 원룸으로 돌아가야겠다면서 부탁했다. 카페 운영의 일원이 된 기분이라서 부탁이 싫지 않았다.

"마르."

스페인 여행에서의 피카소 박물관이 즉흥으로 떠올랐다. 도라의 옷깃을 잡아 벤치에 도로 앉혔다.

"뭐? 마르?"

도라가 되물었다. 호기심이 발동해서 까만 눈동자가 바둑돌처럼 도톰하게 똥그래졌다.

"그래. 마르. 아! 도라 마르도 좋겠다."

바람둥이 피카소의 일곱 연인에서 다섯 번째 연인을 이미 생각해 냈다.

"도라 마르?"

도라가 싫지 않은 표정으로 갸웃했다. 이마를 손가락으로 툭 건들면 눈동자가 쏟아질 듯 눈이 더욱 커졌다. 도라의 생각이 긍정으로 상승했다.

"마르도 좋아 보이고. 도라 마르가 더욱 좋을 것 같기도 하다."

피카소에게 버림받은 비련의 여인이지만, 도라 마르를 생각해 내서 우쭐해졌다.

"카페 마르의 주인이 나, 도라니까?"

의미와 어감에서 도라와 마르의 두 단어가 찰떡으로 들어맞았다. 마르로 할까? 도라 마르로 할까? 둘이 갸웃거리며 까르르 웃었다.

스마트폰으로 피카소의 작품 「게르니카」를 검색해서 내밀었다. 도라가 스마트폰을 빼앗아 「게르니카」의 설명을 촘촘하게 읽었다.

스페인 여행에서 바르셀로나 몬트카다 거리 아퀼라르궁의 피카소 미술관을 관람한 나와는 달리, 피카소의 난해한 작품에 접하지 않은 도라는 큐비즘의 「게르니카」를 이해하지 못했다. 사람과 짐승이 기묘한 형태로 뒤엉킨 작품에서, 왼쪽의 긴 머리로 절규하는 여인, 피카소의 일곱 여인 중 다섯 번째인 도라 마르를 손가락으로 찍어주었다.

카페 식탁에 편 손가락 사이를 칼로 찍는 도발적인 여인. 도라 마르에게 피카소가 한눈에 반했다. 삶과 죽음이 순간적으로 교차하는 스페인의 투우처럼 짜릿한 아름다움이었다고나 할까. 구애에 성공한 피카소가 도라 마르의 초상화를 그렸다. 화려한 의상과 빨간 매니큐어를 칠한 손에서 야수성을 도드라지게 표현했다.

스페인 내전 중에 독일 공군이 바스크 지방의 작은 마을 게르니카를 무차별 폭격했다. 죽은 아이를 안고 울부짖는 여인, 창에 찔린 말, 부러진 칼 등을 흑색과 백색과 회색의 입체적 형상으로 여섯 주 동안 거대한 벽화로 그렸다. 젊은 사진작가 도라 마르가 작품의 과정을 렌즈에 담으면서 연인이 되었다. 쉰여섯 살의 피카소보다 스물여섯 살이나 연하였다.

여기까지만 도라 마르를 말해 주었다. 게르니카 벽화의 아이를 잃고 절규하는 여인을 도라 마르의 얼굴로 투사해서 「울고 있는 여인」의 그림으로 완성했다는 말은 해주지 않았다. 「울고 있는 여인」에서 도라 마르는 얼굴이 온통 하얀 눈물로 덮여서 볼과 입술과 목으로 하얗게 흘러내렸다. 고통이 얼굴과 손가락으로 집중되었다. 흘러내리는 눈물에 젖은 손수건을 입으로 물어뜯었다. 찢긴 손수건은 고통의 은유였다. 손수건을 쥔 손도 덩달아 눈물에 젖어 초록이 바랬다.

피카소는 도라 마르의 초상화를 슬픔과 고통으로 왜곡하고 뒤틀린 이미지로 표현했기 때문에, 창업을 앞둔 도라에게 말해 봤자 유쾌할 수 없었다. 도라의 이름에다 마르를 붙였더니 착 들어맞는 어감 때문에 추천한 거였다.

어둑함을 밀어내는 공원 가로등을 바라보는데 승목이 전화했다.

"같이 만나러 갈래?"

어둠이 공원의 구석에서 척추 굽은 짐승처럼 웅크려 앉았다.

"약속은 됐어?"

전세 보증금을 받아 간 연립주택의 건물주가 수감되었다. 중개인은 사기의 동조자로 수사받는 중이라며 배 째라는 태도였다.

"어쨌든 가봐야지."

방전되는 건전지처럼 승목의 목소리에서 힘이 푸시시 빠졌다.

"무조건 만나야지."

어쨌든 아니라 무조건으로 승목에게 강조하고 공원에서 걸어 나왔다.

"결혼하잔 말 때문에 이 지경이 된 걸까?"

어제 승목이 식탁에서 즐겁지도 않다며 허튼 미소로 말했다.

요즘 식탁에서 어떤 음식이든 맛을 느끼지 못했다. 둘이 나눈 말들이 맛없는 음식처럼 기억되지 않았다.

"이 시기를 지나고서 결혼하자고 말할 걸 그랬나?"

청혼한 탓에 전세 사기에 말려들었다며 승목이 자책했다. 무표정을 유지하며 대답하지 않았다. 결혼을 진행하지 않았더라면 각자 살던 오피스텔 보증금을 빼지 않았을 것이며, 신혼의 연립주택 전세 보증금이 깡통전세의 먹잇감이 되지 않았을 거라는 자괴감에 시달렸다. 아이러니하게도 사기를 당하고 나니 결혼이 불행의 초석이었다.

"너 닮은 딸을 낳으면 아빠인 내가 육아휴직 하려고 했는데."

승목이 자조적이던 웃음을 거두었다. 식탁에서 일어나지 않고 묵묵하게 듣기만 했다. 그게 결혼을 약속했던 남자에게 예의였다.

오 년 사귄 승목이 청혼했다. 신혼집이 필요했다. 예비 신랑과 신부의 각각 일억인 오피스텔 보증금을 합한 이억에다 오천을 대출을 받았다. 신축 연립주택의 전세 보증금으로 건넸다.

제 돈 한 푼 없이 남의 손으로 코 풀 듯 문어발로 주택을 사들인 주인이 깡통전세 사기로 몰렸다. 금융권에서 설정한 근저당을 중개인의 말만 믿고 확인하지 않았다. 이억 오천으로 알았던 전세 보증금이 이억이었다. 오천은 중개인과 사기 일당이 착복했다.

부동산 시세가 폭락했더라도 신축이라서 이억의 가치가 유지됐다. 경매로 나오면 몇 차례의 유찰이 뻔했다. 낙찰된다 해도 세입자 몫은 절반도 못 되었다. 울며 겨자 먹기로 연립의 소유권을 확보하려면 체납세금과 금융권 대출금을 떠안아야 했다.

양가 부모의 동의를 받아 결혼을 보류했다.

교도소로 건물주를 만나러 갔다. 어찌나 편하고 잘 먹었는지 얼굴에 살이 포동포동 올랐다.

승목이 경매 서적을 읽기 시작했다. 페이지를 넘기지 못하고 덮었다. 읽을수록 몰랐던 암담한 상황이 드러났다. 소주를 맥주 글라스에 부어 들이켰다. 연립 말고는 갈 곳 없었다. 승목을 혼자 두어서는 안 되겠다는 판단으로 슈퍼에서 소주를 사다가 냉장고에 넣었다.

도라의 수제 쿠키 냄새는 무어라고 표현하기 어려웠다. 언제나 좋았다. 모카커피를 베이스로 천연 발효종의 쿠키 향이 그야말로 말갛게 자욱했다. 냄새를 물리적 형태로 표현하자면 모지락스럽거나 둔탁한 느낌이 아닌, 오랜 시간 발효된 몰랑몰랑이랄까. 맛이 뭉툭하면서 아늑했다.

어쨌든 아무리 맡아도 자극적이거나 질리지 않았다. 우울함을 무마하는 효과가 탁월했다. 그래서 수제 쿠키 카페 도라 마르를 자주 찾았다.

아홉 개의 의자를 방문객이 모두 차지한 적이 없었다. 출입구 네 개의 의자가 놓인 탁자가 가장 인기 있어 보였다. 쿠키를 바삭바삭 쪼개 입에 넣고 커피를 홀짝거리면 노을과 갈색 시럽의 달콤함이 앙상블이었다.

탁자가 비었을 때는 도라와 방문객처럼 앉아서 오븐 열기가 식지 않은 쿠키를 쪼개 먹으면서 키득거렸다. 도로 건너 공원 벤치의 연인을 바라보곤 했다. 전세 사기의 근심을 잠시라도 잊어 좋았다. 이런 시간이 늘어날수록 도라가 부담해야 할 월세가 은근하게 걱정되었다.

"걱정하는 거 알아."

속에 감춘 우려를 도라가 뜯어냈다. 미안하고 부끄러웠다. 도라가 시무룩한 표정이 아니라서 다행이었다.

"누구도 내 쿠키의 맛과 영양을 복제할 수 없어."

도라가 밝은 표정으로 자신감을 드러냈다.

"나도 인정."

하이파이브를 청했고 도라가 찰싹 응했다.

"겉보기에 같아 보이지만 맛보다 건강을 고려한 재료와 천연 발효종은 나만의 노하우거든?"

도라가 오전에 구운 쿠키를 가져왔다. 도라가 알려준 것처럼 조금 베어 문 후 침이 스며들도록 기다려서 맛을 음미했다. 평가를 기다리는 도라의 눈이 동그랗게 부풀었다.

"오묘해서 표현은 못 하겠다."

도라의 기대에 충족하는 단어를 찾을 수 없다며 멋쩍게 웃었다. 확실히 다르긴 했다. 단맛이 덜한 만큼 묘하게 끌리는 맛이 향으로 입안으로 퍼졌다. 천연 발효종 사워도로 배양했다는 도라의 쿠키는 확실히 건강한 맛이었다.

도라가 쿠키에 대해 열을 올릴 때 일부러 무덤덤했다. 원룸에서 반나절이나 붙들렸던 쿠키의 설명이 또 시작될까 겁났다. 통밀에 섞는 건크랜베리와 바닐라익스트랙, 호모와 유산균의 공생 배양물인 천연 발효종 샤워도. 알고 있지도 않거니와 알고 싶지 않은 것을 이해한다는 듯 고개만 까닥였다. 도라만의 독특한 방법에 감동은 했다. 가식적 반응을 되풀이하기 싫었다.

수감 된 건물주를 찾아가도 새로울 게 없었다. 사기에 동조한 중개인은 재판 후 구속될 예정이라며 만나도 배짱만 부렸다. 커지는 허탈과 실망처럼 승목의 주량이 늘어났다. 감당할 수 없는 음주로 나사 풀린 기계처럼 쉰 목소리로 울기까지 했다.

늦가을 도라네 카페를 방문했다.

출입구 탁자에 네 명의 여학생이 낮에 치른 시험지를 놓고 갑론을박으로 시끄러웠다. 벽 쪽의 긴 탁자에서 직장 여성 셋이 회전하지 않는 의자에서 허리를 비틀며 누군가의 뒷담화로 깔깔거렸다. 찾아간 날 중에 방문객이 가장 많았다. 커피를 내리는 도라에게 손을 들어 방문을 알린 후 공원으로 갔다.

"지금 어디?"

승목이 전화했다.

"노을."

서쪽 빌딩에서 햇덩이가 종일 허기진 눈을 콕 찔렀다.

"노을?"

"응. 갈색 시럽."

목젖에 시럽이 걸린 듯 대답이 끈적거렸다.

"넌 태연도 하구나."

승목이 불쑥 화를 냈다.

깡통 주택을 중개한 악덕 부동산을 방문했을 시각이라 묵묵하게 듣기만 했으면 좋았을 텐데. 노을과 함께 있다고 말했다. 승목이 화낼 만도 했다.

실낱같은 기대로 찾아가서 암담해져 돌아왔다. 처음은 미안하다며 허리를 굽혔다. 멍청하게 사기에 걸려든 죄도 있다며 돌변했다. 요즘은 배를 째라며 적반하장으로 대들었다.

회사에서 업무에 집중하지 못했다. 잠자리에 누워도 길을 가다가도 밥을 먹다가도 울화가 불쑥불쑥 치밀었다. 사기꾼과 사기 동조자를 찾아가지 않으면 보증금을 포기한다는 뜻이 될까. 조바심 났다.

"시청에 가야겠어."

"담당자가 요리조리 피해서 만나기 어렵다면서?"

전세 피해자를 구제한다는 뉴스가 요란했다.

"나라에서 책임지는 줄로 떠들어댔지만, 공무원에게 뾰족한 해결책이 있겠어?"

피해를 즉시 구제해 줄 것처럼 대책이 요란했다. 피해자에게는 실익이 없었다. 전세 보증금을 일부라도 보전하려면 연립을 매입하라고 종용했다. 무주택으로 인정해서 청약에 불이익이 없게 조치하겠다는, 피해자를 우롱하는 면책용 발표를 남발했다.

"이리 올래?"

승목이 합석을 요청했다. 혼자 두면 소주를 마실 테고, 취기로 마비시킨다 해도 고작 열두 시간 후 내일 아침이면 마음도 몸도 피폐해질 터였다.

"그냥 들어갈게."

통화가 시무룩하게 종료되었다.

많이 마시지 마. 소용없는 말을 건네지 못해 쓸쓸했다.

카페에서 도라가 밖에 나와 손차양으로 막바지 노을을 가렸다.

생각 몇 가닥 물고 있었더니 어두워졌다. 도시 조명에 하늘을 검푸르게 변했다.

　　이십 미터만 더 가면 연립인데. 승목이 길에 놓은 마트 탁자에서 산낙지를 접시에 놓고 소주를 마시는 중이었다.

　　"영혼이 실험대에 누워 찢기고 있어."

　　한 줌에 불과한 낙지가 많은 토막으로 난도질 되었다. 기름소금을 뒤집어쓴 다리가 몸통보다 유연하게 꿈틀거렸다. 젓가락에 잡히지 않으려는 살점이 각각의 고통으로 꼼지락거렸다.

　　"낙지는 나무젓가락으로 먹어야 해."

　　나무젓가락으로 낙지 토막이 저절로 감겼다. 전세 사기에 걸려들던 맹목적인 믿음처럼 단지 금속에서 나무로의 변화에 걸려들었다.

　　일억의 오피스텔 보증금 두 개를 합쳐 투자하면 이익 플러스알파여야 부동산 투자의 정의였다.

　　이익에다 영끌 대출을 보태서 아파트로 갈 것인가, 이익을 연립 보증금으로 묶어두고 적금으로 모아서 아파트에 도달할 것이냐. 갈림에서 선택의 오류가 주는 고통과 절망이 잔인했다. 영끌을 감행한 부류는 폭등으로 엄청난 이득을 불렸다. 전세 사기에 걸려들어 일억 플러스 일억이 예측되지 않았다.

세상 물정 몰라 어리석었던 것인지. 특히 내가 바보였던 것인지. 어쨌든 둘이 영끌 대출을 두려워했다. 매달 갚아야 하는 이자가 강물에 던지면 돌아올 수 없는 돌처럼 허무하다고 판단했다.

한 살이라도 젊을 때 모험을 마다하지 말았어야 했다. 애늙은이처럼 마음만 늙었던 게 탈이었다.

전세 사기가 뉴스로 나왔을 때, 설마 우린 아닐 거야. 집주인에게 전화했다. 가혹하게도 연결되지 않았다. 오 층 연립주택의 열 세대 입주자가 모였다. 대책은 없고 성난 고함과 울분이 터져 나왔다.

벚꽃이 흐드러졌다고 구경 가자며 약속했던 날. 영화를 관람하고 삼겹살에 소주를 마시려 했던 날. 약속을 무시하고 부동산 중개업소를 찾아가 계약서에 서명했던 그날을 네모반듯하게 오려내고 싶었다.

요즘의 어떤 날, 어떤 시간, 어떤 장소에서 둘이 마주 앉으면 열 살은 훅 늙어버린 모습을 서로에게 보여주었다. 애잔하고 괴로워서 화는 내지 말자고 묵시적으로 다짐했다.

사랑한다는 말을, 그러니까 결혼하자는 말을, 지금은 후회되는 말을 누가 먼저 했을까.

"영혼이 너덜너덜해졌어."

지금 승목은 소주를 마셔도 취할 기미가 보이지 않았다. 사랑한다고 말하지 않았더라면 아무리 마셔도 취하지 못하는 잔인함에서 모면될 수 있었을까. 너덜너덜한 영혼이 취할 수 있다면 오늘 밤만이라도 괜찮은 수면이 될 텐데. 술을 마셔도 잠을 청해도 진한 커피에 뇌를 적신 것처럼 외려 신경이 또렷해지며 곤두섰다.

"인간은 어차피 갈기갈기 찢기려고 태어났어."

그새 취한 흉내로 승목에게 비시시 웃었다.

전세 보증금을 빼앗긴 절망과 자책은 시간이 지날수록 무뎌졌다. 오늘 취해야 내일이 온다는 자괴감도 흐릿해졌다. 갖은 방도를 고민해도 회복될 출구가 보이지 않았다. 출구가 없다고 고민을 멈출 수 없었다. 피폐해지는 정신의 그믐을 밝힐 조명을 켜야 하는데 스위치가 보이지 않았다.

"어머님. 뭐라고 안 하셔?"

장차 시모의 요즘 반응을 물었다.

"우리 엄마? 혼인도 안 한 너에게 뭐랄 자격 없어."

승목이 시선을 바닥으로 내렸다. 혼인도 안 한 너? 남남이란 의미다. 위로받을 의도로 묻지 않았다. 부부든 남남이든 사기당한 돈의 회수가 먼저였다.

"그래. 아직 우린 남남이지."

승목이 들어도 꺼릴 것 없는 표정으로 중얼거렸다.

양가 상견례 후 전세 사기가 드러났다. 사기에서 헤어 나오지 못하면 부부로 도달하지 못하고, 동거로만 지속되는 것이 아닐까. 불투명해지는 시간의 연속에 시달렸다.

"도시가 너무 오래 묵었어. 앙코르와트가 되는 중."

"무슨 헛소리야? 오십 층 펜트하우스 전망 좋은 거실에서 밤마다 파티가 열려."

"숲에 가보지 않았구나? 나무가 하늘을 찌르게 되면 고만고만하던 풀은 도태된다는 거 모르니?"

"걱정하지 말자. 나무는 쓰러져도 풀은 쓰러지지 않아. 잠시 누울 뿐이지."

허탈한 심정으로 술잔이 오고 갔다.

"도시가 몽땅 도미노였으면 좋겠다."

"우리가 쓰러지기 전에 도로 건너 신축 아파트가 먼저 쓰러져야 공평해."

취하지 못했다. 정신의 그믐에 묻혀 자정이 넘도록 툴툴거렸다.

카페 도라 마르에 손님이 없다. 팔꿈치를 탁자의 중앙으로 한껏 내밀고 주먹으로 턱을 괴었다.

"요즘 고민이 생겼구나?"

도라의 표정에 드러난 고민을 목격하고도 묻지 않을 수 없었다.

"고민은 생기는 게 아니라 원래부터 있었던 거야."

도라가 외려 위로했다. 도라의 고민이 생겼다고 해도 나만큼은 가혹하지 못했다.

"카페를 개업하면 기쁨만 있을 줄 알았는데. 기쁨과 고민은 켤레로 쌍이더라?"

"기쁨을 먼저 듣고 싶다."

"쌍이라서 같이 들어야 해."

도라의 눈빛이 초췌한지 살폈다.

불쌍할 정도로 협소한 공간과 당돌하지도 못한 도라가 블랙 컨슈머에 골머리를 앓았다고 추정했다. 도라가 말하지 않는다 해도 인스타그램을 뒤져 수제 쿠키 카페의 평점을 확인하면 드러날 진실이었다.

절친이 불쌍하고 안타까워선지 도라가 계속 너그럽게 미소만 지었다.

전세 사기에 걸려들고 결혼이 보류되었다. 건물주의 대출을 떠안게 될 처지가 되었다. 블랙 컨슈머 정도야 백배 천배는 다행이라고 도라가 자위했을 터였다.

도라가 탁자에 얹은 손가락을 활짝 열었다. 오른손으로 펜을 쥐고 손가락 사이를 콩콩 찍었다. 느리게 시작한 동작이 점점 빨라졌다. 펜이 손가락을 찍을까. 위태롭고 아찔했다. 방문객이 없는 시간의 심란한 동작이 익숙해진 듯 눈을 감고도 찍었다.

"도라 마르. 검색했구나?"

규칙성을 잃으면 손가락에 피가 범벅일 동작을 바라보며 물었다.

"바람둥이 피카소의 다섯 번째 불륜녀더라?"

도라가 동작을 멈추고 흐흐 웃었다. 불륜녀? 따라 웃긴 했으나 미안했다.

"프랑스인이지만 에스파냐어도 유창하게 구사하는 촉망받는 현실주의 젊은 사진작가였더라? 늙은 피카소에게 버림받은 바보 빙충이였더라?"

마침 방문객이 들어와 도라가 작업 공간으로 들어갔다. 방문객의 자리 선택을 위해 카페에서 나왔다.

기쁨과 고민? 켤레처럼 쌍으로 도라에게 생겼다는 게 무엇일까.

공원 벤치에 앉아 곰곰이 생각했다.

피카소는 도라 마르와 함께 간 식당에서 옆 테이블의 여자, 여섯 번째 연인이 된 스물두 살의 프랑스와 질로에게 뻔뻔하게도 데이트 신청을 했다. 피카소의 네 번째 연인 마리 테레즈에게도 시달렸던 도라 마르는 정신 착란이 왔고, 정신병원에 입원했다.

당신은 위대한 예술가일지 모르지만 인간쓰레기다.

도라 마르가 피카소에게 선언하고 결별했다.

도라가 문밖으로 나와 방문객이 갔다고 손짓했다. 카페 이름을 도라 마르로 추천했던 게 후회됐다. 의도하지 않았는데 도라를 도시의 도미노로 세운 게 아닐까. 자책했다.

"돈을 사랑할까. 남자를 사랑할까."

도라가 돈과 남자를 사랑의 바구니에 넣고 달그락 흔들 듯 빙싯 웃었다.

수제 쿠키 팔아서 사랑할 만큼의 돈을 벌진 못했을 텐데. 로또가 당첨된 걸까? 남자 고객과 썸 타기 시작한 걸까.

"돈을 사랑하든, 남자를 사랑하든 둘 다 고독한 일임엔 틀림없어."

도라가 자답했다.

"사랑의 대상이 돈이든 남자든 고독의 출발점이 된다는 거 생각은 해봤니?"

도라가 남자를 생각할 줄은 예상하지 못했다. 부러운 심기가 가슴에 뭉클하게 맴돌았다. 무엇이든 선택하면 고민이 덩달아 생기더라는 승목의 푸념이 떠올랐다.

도라가 어제 잠들기 전에 배합하고 이른 새벽에 구웠다는 쿠키를 내왔다. 반죽이 숙성되는 동안 도라는 어떤 꿈을 꾸었을까. 갑자기 궁금해졌으나 묻지 않았다.

"달지 않아서 고객이 싫어하지 않겠니?"

줄곧 담아두었던 말을 꺼냈다. 멈칫한 보라의 눈가에 엷은 웃음이 드러났다. 친한 사이니까. 웬만큼의 엇갈리는 말을 서로가 마음에 담지 않았다. 대화란 게 상대방이 기쁜 말만 골라 말할 수 있으면 좋겠지만. 백 퍼센트 일치할 수는 없었다. 백 퍼센트 일치되는 말만 했다면. 위선의 말을 골라서 했음이 백 퍼센트였다.

"만약에…. 카페 문을 닫는다 해도 너만큼 힘들겠니?"

도라가 희미하게 웃었다. 연립주택 전세금을 느닷없이 사기당한 나보단 별거 아니라고 입술도 삐죽였다. 신혼의 살림 도구를 알음알음 채우던 사랑과 미래가 느닷없이 물거품으로 돌변했다. 돌덩이가 들앉은 듯 가슴이 저릿저릿한 중에 여학생이 들어왔다.

"중학생이라니 의외다?"

쿠키를 준비하러 작업실로 들어가려는 도라의 귀에 소곤댔다.

"왔던 애는 또 와."

도라가 중학생이 들을 만큼 자신감 넘치게 말했다. 순간 나는, 도라의 자신감 넘치는 웃음도 행복이구나 생각했고, 소소하더라도 아주 짧은 순간이라도 내게 행복 같은 게 있긴 할까? 씀바귀를 깨문 것처럼 씁쓸했다.

"쟤들은 고르곤졸라 피자로 꿀을 듬뿍 찍어 먹기를 좋아할 것 같아서."

"내가 만든 수제 쿠키는 뚱보처럼 살찌지 않아."

귀엽도록 통통하게 살이 오른 여학생 고객을 도라가 흐뭇하게 바라보았다.

느닷없이 트럭이 도착하고 도로가 소란했다. 건물의 메인 점포에서 주꾸미를 볶던 집기가 도로로 나왔다.

"이 골목도 젠트리피케이션이 시작되려나?"

도라가 이사 가는 세입자의 우울한 얼굴을 물끄러미 바라보았다.

"손님이 많았잖아?"

도라와 주꾸미볶음을 먹었던 날이 바로 어제였다.

"임대료를 턱없이 올렸대."

"건물의 메인이 공실이면 곤란할 텐데?"

"메인이 쓰러지면 자투리도 도미노가 될까 겁이 나."

도라가 우울한 상상 회로를 돌리는 중에, 연쇄적으로 쓰러지는 도미노를 생각하며 트럭에 실리는 장면을 잠자코 바라보았다.

"저런 거 생각하지 말고 너를 믿어."

트럭에 집기가 모두 실리고서 도라를 위로했다.

"그렇긴 해. 사람은 자신에게 가장 잘 속는다는 거 아니?"

도라가 물었다. 전세 사기를 해결한다며 너덜너덜해진 승목이 생각났다. 너도 너에게 속았잖아? 그렇게 말하듯 도라의 눈빛이 측은했다. 트럭이 시동을 걸었다.

"젠트리피케이션이 없어야 할 텐데."

트럭이 출발하고 도라의 표정이 우울해졌다.

"언젠가는 쓰러질 도미노라면 아주 느리게 왔으면 좋겠어."

"슬로우 도미노?"

골목 상가의 임대료가 오르면서 젠트리피케이션의 우려를 도라가 부인하지 않았다.

"도미노는 속도가 항상 일정해."

도라는 적어도 보증금을 회수할 터였다. 쿠키와 커피를 위한 도구는 이전하는 카페나 원룸으로 옮겨갈 것이라 손실이 적겠지만, 첫 도전에서 무너지는 상처가 안타까웠다.

"취미 생활하라면 욕하겠지?"

도라가 제안했다.

"그럴 정신 없어."

도라의 제안을 거절했다.

"이곳에서 조용히 앉아있을 때 기분이 좋아."

아주 잠깐이지만 도라가 우쭐한 표정을 지었다.

괜히 화가 났다. 수렁에 빠진 나를 앞에 앉혀놓고, 카페가 망해도 나만큼 나락으로 떨어지지 않는다는 우월함의 과시일까. 억측이겠지만 혼란스러웠다.

우쭐하고 싶니? 도라 너는 나처럼 쓰러질 도미노가 아닐 거 같니? 묻지 않았다.

직접 구운 쿠키를 맛보게 했고, 세계 각지의 원두를 로스팅한 커피로 우울한 나를 달랬던 도라였다. 근거 없는 오해가 울컥 올라왔다. 카페에 더 있기가 미안하고 부끄러웠다.

9회 말 동점의 투아웃 투스트라이크 타석으로 투수가 와인드업했다. 3루 주자를 불러들이면 경기가 끝나는 타석으로 구장의 모든 게 집중되었다. 중계석과 관중석이 침묵했다. 좌완 투수가 운명의 볼을 던졌다.

타자가 헛스윙하고 오른쪽 무릎을 꿇었다. 허탈한 얼굴로 카메라가 클로즈업했다.

"에고. 저 심정 알겠다."

긴장하면 입술을 깨무는 승목이 허탈해졌다. 타자가 안쓰러웠다.

"우리보단 괜찮아."

승목이 리모컨으로 텔레비전을 껐다. 오후에 사기꾼을 만난 후라서 연장전을 시청할 기분이 아니었다.

어떤 사람은 3루에 태어났으면서 자신이 3루타를 친 것처럼 거들먹거린다? 9회 말 순간을 예감하고 저녁 무렵 카페에서 도라가 말했을까? 요즘은 무엇이든 후회되고 아쉬웠다. 3루는 아니어도 1루에서라도 태어났으면 좋았을 텐데…. 즉시 도라에게 심정의 뽕짝을 맞췄다. 도루라도 하게? 도라가 세이프 동작으로 두 팔을 힘차게 내밀었다.

승목이 냉장에서 소주를 꺼내 식탁으로 불렀다.

"볼이 연속으로 네 개나 들어와서 1루 베이스라도 밟는 행운이 우리에게도 올까?"

승목이 소주잔을 내밀었다.

도라의 카페가 문 닫을 지경에 이를 것 같다고 승목에게 털어났다.

"도라 마르가 문을 닫아?"

별로 놀랍지 않다는 표정과 말투로 승목이 반응했다.

"그럴 거 같아."

도라의 불행을 쉽게 말하는 느낌이라서 자책이 생겼다. 재산을 통째로 날릴 판인 우리에 비하면 싱거운 불행이라서 자책은 잠깐이었다. 도라의 카페가 문 닫을 것이라는 예측이 성급했음도 부인하지 못했다. 언제부터 저주의 말을 태연하게 하고 있단 말인가. 자괴감이 쓰나미로 밀려왔다.

"확신하지 못하면 말하지 마. 확신의 결여로 우리가 어떻게 되었는지를 앞으로는 잊지 마."

승목의 표정이 굳어졌다.

뼈가 저리도록 잊지 못해. 그렇다고 돌이킬 수 없는 잘못을 들먹여서 상처를 후비지 말자. 승목의 눈을 바라보며 말하고 싶었다. 하지만 참았다.

"카페 이름을 지어주지 말 걸 그랬어."

피카소의 다섯 번째 여인 도라 마르를 카페 이름으로 추천한 이후 마음이 편하지 않았다.

"우린 곧 넘어질 도미노잖아?"

승목이 씁쓸해졌다.

"내가 도라를 도미노 대열에 세운 걸까?"

"그건 너무 과한 자책이고."

승목이 자괴감에 몰입되는 나를 위로했다.

"그럴까?"

"도라의 카페 폐업을 걱정하기에는 우리 코가 더 길어."

승목이 덧붙였다.

깡통전세 사기에 직면했을 때. 승목에게 기대 울고 미안해하고 위로하고 억지로 웃었다. 해결되지 않을 것이라는 불안이 짙어지면서, 서로에게 했던 행동들이 거실 창으로 들어와 부엌 창으로 나가는 바람처럼 의미 흐릿한 헛것이 되었다.

우린 깊은 바닥에 아직 함께 있다. 기댈 생각이 없고 돌아앉아 있다. 울었던 의도를 기억하기 싫은 것처럼. 위로의 의미를 생각하고 싶지 않은 것처럼. 승목의 어떤 감정도 간섭하기 싫어졌다. 사기를 모면하고서 부부가 된다 해도 신비롭지 않을 것 같았다.

두 걸음 뒤로 물러나 연립주택으로 걸어가면서, 전세 보증금을 각자의 몫으로 받아내야 할 동업자라는 생각이 떠올랐다. 행복이 투사되는 존재가 승목이라는 믿음이 차츰차츰 빛을 잃었다.

서로의 어깨가 닿을 일 없을 것처럼. 눈도 마주치지 않을 것처럼. 귀담아듣지도 않을 말을 입에 문 것처럼. 걸음을 일부러 엇갈리면서 사기에 걸려든 연립주택으로 걸어갔다.

문손잡이를 쥔 채. 302호 숫자를 자동차의 임시 번호처럼 바라보았다.

4.

꿈 하나쯤

늦가을에 지모샘이 책을 출간했다. 남편과 미국에 있으면서, 캘리포니아 남단 샌디에이고에서 보고 경험한 것을 생생히 기록한 교육 경험이었다. 미국 교육 현장에서 듣고 본 것, 체험한 것, 느낀 것의 산문 형식으로 사백 페이지에 달했다. 띄엄띄엄 건너봐도, 지모샘의 정확하고 똑 부러지는 성격이 고스란히 담겼다.

한 달이나 지나서 우편으로 책을 받았다. 우편으로 발송하기에 먼 거리도 아니다. 발간되기까지 내가 공여한 사실에 결례가 되지 않으려면 커피라도 마시면서 고마웠다는 뜻을 덧붙여 전달했어야 예의였다. 만남을 차일피일 미루면서 미안한 마음이 점점 커졌으므로, 우편 발송했다고 나름 해석했다. 나 역시 이 같은 상황이 여러 차례 있었기 때문에 탓하는 생각은 없다.

저자의 발간 의도가 드러난 '들어가며'를 건너뛰고, 목차를 뜨문 뜨문 보다가 192쪽을 펼쳤다.

'when we grow up, 꿈을 꿀 수 있는 것이 얼마나 행복한가.'

한글도 가능한데 왜 영어로 썼을까.

저녁 식사가 임박해서 전화가 왔다. 다섯 명 이상 모이면 스마트폰 카메라로 신고되는 사회격리 3단계가 시행되는 중이다. 감염 확진으로 판명 났을 때 사회격리 조항의 위법이 발견되면 해임의 중징계를 하겠다는 뉴스가 나왔고 공문도 왔다. 지모샘도 공직자라서 징계에 대한 두려움이 있을 텐데, 사흘이나 계속해서 만나자고 전화했다.

확진되었을 때 징계의 두려움, 조직에서 매장되는 수모를 경계해야 하는 시기였다. 공공의 장소에서 만남이 자제되어야 하는 상황에서 거부감과 부아가 은근히 치밀었다. 더구나 정년 퇴임이 일년도 남지 않아, 명예로운 퇴임을 위해 떨어지는 낙엽에도 처신을 조심하는 중이었다.

어제도 같은 시각에 걸려왔다. 저녁 식사를 식탁에 차리는 아내 입꼬리가 올라갔고, 선약 있어 나가려는 참이라는 거짓말로 만날 수 없음을 통보했다. 그럼 내일은 저녁에 만날 수 있느냐 물어와서, 아직은 약속이 없는 상태라고 얼버무렸다.

지모샘. 지성과 미모가 겸비된 선생님. 세자로 줄여 애칭을 만들어 준 후, 교류의 횟수가 늘면서 애칭이 적절하다고 생각했다. 본인이 애칭을 매우 좋아했고, 좋아하는 모습을 바라보면서, 애칭을 선물한 당사자로서 즐거웠다. 애칭을 생각해낸 내게 경의를 표했다.

둘이 만나는 것을 꺼린다고 생각했는지, 사실은 꺼릴 의도가 없었다. 오늘은 셋이 만나자고 지모샘이 제안했다. 둘보다 셋의 만남이 유연하겠다는 생각에 그러자고 동의했다. 다섯 시에 전화해서는

"몇 시에 만날까요?"

물어 왔다. 여섯 시를 제안했더니

"어디로 갈까요?"

식당을 물었다. 만나자는 사람이 장소와 시간을 정해놓지 않고, 무턱대고 들이받는 식의 만남을 사흘이나 제안해 왔다. 만나서 꼭 들어야 할 얘기가 있으려나 짐작되어,

"그럼 여섯 시에 어디서 만날까요?"

장소의 선택을 지모샘에게 넘겼다.

누구와 만나자고 약속을 시도할 때 메뉴의 선택이 곤혹스럽다. 지모샘도 고민이 되는지 약간의 침묵이 흘렀다. 성격이 나와 비슷하다는 증거였다.

셋이라면 합석하는 분이 누구냐고 물었다. 지난번 여름 더웠던 날 저녁, 소낙비가 쏟아질 때 셋이 만났던 조 사장이 나올 것이라고 지모샘이 말했다.

순간 의아해졌다. 조 사장은 내 중학교 동창이고, 여름에 셋이 만난 자리는 약속이 중복되어 같은 식당에서 합석한 양다리 만남이라, 조 사장과 지모샘이 서로 초면이었다. 술을 마시면서 대화가 친근해지긴 했어도 헤어질 때 둘 사이가 남남으로 돌아선 분위기였다. 여름 그날 만남 이후로 조 사장과 만남에 지모샘을 부르지 않았다.

오늘도 만남이 거절될까 봐, 지모샘이 조 사장을 등장시켰다고 판단했다. 지모샘이 무안한 심정을 억누르고, 만남에 동참해 달라는 전화를 했다고 생각하기로 했다.

"셋이 만났던 그 식당 어때요?"

지모샘이 제안했다. 거부할 수 없는 위치의 제안이라는, 오늘은 꼭 나오라는 무언의 압박으로 받아들였다. 아파트 후문으로 나가 도로를 건너면 곧바로 도착하는 식당을 선택해서 나를 배려했음이 그나마 다행이나, 메뉴가 꺼림칙했다.

소낙비가 쏟아지던 여름. 소내장 전골과 막걸리로 셋이 흥미로웠다. 취기가 돈 지모샘이 셋의 모임을 정기화하자고, 삼인회로 모임의 명칭을 결정하자고, 좀 앞서 나간 발언을 했고, 나와 조 사장이 그러자며 맞장구를 쳤다. 좀스럽고 쩨쩨한 두 남자에게 열 살이나 젊은 미모의 여인이 정기적으로 합석하겠다니, 기쁘고 행복한 일이 아닌가. 약속은 했지만 셋의 만남이 성사되지 않았고 삼인회도 흐물흐물 묻혔다.

추워져서 운동에 게을러지고 혈당 수치와 혈압이 상승한 상태여서, 곱창을 먹기가 꺼림칙했다. 고소하고 더할 나위 없는 술안주였으나, 기름을 컵으로 들이키고 잠든 것처럼 이튿날에 아랫배가 무지근하고 거북했다. 내장 종류의 음식은 먹지 말아야지 다짐하는 중에, 지모샘이 소곱창 전골을 제안한 것이다.

택시 타고 갈 테니 지모샘 동네 식당을 선택하는 것이 어떠냐고, 은근하게 배려의 말을 했다. 잠시 후에 다시 전화하겠다며 통화가 끊겼다.

지모샘을 생각하면 유추되는 장면이 있는데, 정밀 기계로 깎은 볼트가 과잉으로 생산되어 녹스는 상황이다. 나노 수준의 정밀도와 거울보다 매끄러운 광택으로 생산된 첨단부품이 쓸모를 찾지 못하고, 마포 자루에서 폐기 절차를 기다리고 있다는 비애감이랄까. 사십 중반 늦은 나이에 박사학위를 취득하고, 행정고시를 패스한 고위 공무원 남편의 국비 유학 중에 미국에서 어학과 교육학을 공부한 인재다. 초등학교 교사라는 직위의 레벨에 갇혀, 녹스는 볼트와 다르지 않다는, 능력이 출중하되 능력 발휘가 제한되는, 안타깝기 짝이 없다는 생각에 젖곤 한다.

사십 중반 늦은 나이에 박사학위를 취득했음은, 지모샘 스스로 초래한 과잉생산임이 분명하다. 지성이 넘쳐나고 미모마저 겸비한 인재가 아홉 살의 초등학교 2학년 아이들에게, 또 요즘 간섭과 비하가 부쩍 심각해진 젊은 학부모의 스트레스를 감내해야 하는 상황이 안타깝다. 지모샘의 현재가 마포 자루에 갇혀 녹이 스는 상황과 다름없다.

지모샘이 원고를 완료해 놓고 표지의 부제를 고민할 때, '지모샘이 들려주는 미국 교육 체험기'로 조언했고, 첫 회의 교정에서 반영이 되었다가 최종본에서는 '현직 교사가 들려주는 미국 교육 체험기'로 수정되어 출판되었다.

또한 집필 분량이 너무 많아 페이지를 줄이려는 고심을 출판 전에 알았고, 소제목이 페이지 첫 줄에서 시작되지 않고 중간에 놓였다.

192쪽도 연녹색 고딕의 'when we grow up' 소제목 한 줄 아래의, "Friday is career day. We can dress up as what to be when we grow up." 부분에서, 지모샘이 무엇을 주장하기 위함인지 추정이 약간은 가능했다. 3페이지로 구성된 본문 중에, '누구에게 있었을 꿈. 꿈을 꿀 수 있는 것이 얼마나 행복한가?'에서

'누구에게 있었을 꿈'이 반복해서 읽혔다. '어른이 되어도 가슴 속에 하나쯤은 가지고 살아야…'부분을 읽고, 바삐 식당으로 걷던 보폭을 늦추었다.

눈이 올 것 같다. 두꺼운 점퍼에 모자를 쓰고, 장갑도 챙겼음이 다행이다. 지모샘이 보내준 카카오톡 약도로 식당에 도착했다.

"엎드리면 코 달 곳에 있으면서 참 오랜만이다."

조 사장이 일어나 손을 덥석 잡고 좀 심하게 흔들었다.

"두 분 여름 이후 처음 만나셨죠?"

지모샘이 까만 눈동자를 반들거렸다. 하얀 눈자위에 담긴 눈동자가 검은 바둑돌 같아서 미인이라는 생각을 들게 했다. 눈이 작고 더구나 오른쪽이 왼쪽보다 턱없이 작아서 늘 콤플렉스인 내게는 부러운 눈이다. 눈에 자신이 없는 나는 누구와 마주 서거나 대화할 때 오른쪽 사십오도 각도로 시선을 회피하는 버릇이 어려서 생겼다. 왜 오른쪽으로 시선을 회피했을까. 이유를 더듬어 보면 왼쪽 눈으로 상대와 마주하려는 의도가 아니었을까, 어른이 되어 깨달았다.

조 사장의 합석을 물어볼 필요도 없었고, 지모샘이 변명하지 않아도 뭐랄 생각이 없었다. 메뉴가 호주산 소갈비였는데 양념하지 않은 것 반, 양념한 것 반으로 내가 오기 전에 주문이 되었다. 숯

불로 구운 소갈비와 소주의 궁합이 맘에 들었다. 눈이 올 듯 음울한 날씨가 술맛을 돋궜다.

소주를 급하게 마시는, 고쳐야지 하면서 고치지 못하는 버릇이 있었다. 숨 좀 쉬어가며 마셔, 핀잔을 자주 들었다.

"사람을 꼭 죽여야만 살인자가 되는 것은 아냐."

각각 한 병쯤 비웠을 때 귓불이 불그스레한 조 사장이 분위기를 가라앉혔다.

"웬 살인자요? 이 좋은 자리에서?"

지모샘의 달떴던 목소리가 내려앉았다.

"술맛 조지는 말은 하지 말자."

핀잔을 주긴 했으나, 조사장이 뜬금없이 살인자를 꺼내 든 저의가 궁금했다. 조사장이 묵묵하게 술을 거푸 마셨다.

술은 좋게 마셔야 하는데, 분노를 희석해서 마실 때가 많았다. 분노를 함부로 희석하면 맹물처럼 싱거워져 괄시받는다고, 이 나이에 싱거우면 가족에게도 괄시를 받는다고, 게슴츠레한 눈으로 낄낄거리면서 취하도록 마시곤 했다. 속내를 들여다보면 술에 취하려는 구실이었다.

"누가 또 살인잔데?"

참을성이 부족한 내가 물었다.

"궁금해요. 말해 줘요."

지모샘도 까만 눈동자를 반들거렸다.

"높은 곳에 있는 새끼들."

조사장이 욕을 불쑥 뱉었다.

"주상복합 펜트하우스에 사는 부자들?"

지모샘이 말해 놓고 분위기에 맞지 않자, 유머라며 까르르 웃었다. 웃음을 멈춘 지모샘과 나를 한차례 바라본 조 사장이,

"아들 장가보내고 오 년이 넘었는데 손자든 손녀든 아예 낳지를 않아."

조 사장이 술잔을 손아귀에 움켜쥐었다.

"낳지 않는 것이 아니라 낳는 형편이 아닌 게지."

조 사장의 손아귀에서 술잔이 부르르 떨었다.

시무룩해진 조 사장 탓에 분위기가 엉망으로 꼬였다. 공공기관과 중소기업체를 드나들며 홍보용품을 주문받아 납품하는 사업이 신통하지 않음을 직감했다. 아내와 아들 며느리를 포함한 가족이 방 한 칸을 사무실로 삼고, 주문받으러 업체를 순회하는 조 사장이 안쓰럽다는 생각을 이미 갖고 있었다. 더구나 사회적 격리 때문에 판촉을 위한 방문조차 어려울 터였다.

사람을 죽여야만 살인자가 아니라는, 언젠가 술좌석에서 취한 푸념을 들었던지라 조 사장이 품은 뜻을 간파했다. 분위기가 가라앉았다. 식당으로 오기 전에 잠깐 들춰본 지모샘의 책으로 대

화의 전환을 유도했다.

192쪽의 'when we grow up'을 발음하며, 젓가락을 지휘봉으로 흔들었다.

"어머. 페이지를 기억하세요? 감동이에요."

지모샘이 내 팔을 잡고 머리를 어깨에 기댔다. 내가 말하고 싶은 의도는 페이지의 기억이 아니었다. 식당으로 오면서 줄곧, '어른이 되어도 가슴 속에 꿈 하나쯤은 가지고 살아야 세상을 훨씬 더 풍성하게 살 수 있다.'를 토씨 하나 틀리지 않게 중얼거렸다.

'가슴에 꿈 하나쯤' 문구에서 목덜미가 선득해지는 충격이 왔다.

"조 사장은 꿈이 뭐야? 아니 꿈이 있기나 해?"

식당에 오면서 중얼거렸던 꿈을 물었다.

"회갑 나이에 아직도 꿈을 꾸려고 하나?"

조 사장이 가당찮다는 얼굴로 비아냥을 섞어 반문했다.

"백세시대가 되었는데 겨우 육십에 노인을 자처하세요? 육십은 노인이 아녜요."

지모샘이 젓가락으로 탁자를 꼭꼭 찔러서 또랑또랑한 눈을 부릅떴다.

"육십이 노인이 아니라고?"

조 사장이 고개를 쭉 빼고 물었다.

"애늙은이죠."

지모샘이 먼저 까르르 웃었고, 조 사장과 나도 덩달아 웃었다.

"꿈은 자고로 머리가 몰랑몰랑할 때나 꾸는 것이네. 잠꼬대 그만하고 한 잔 더."

조 사장이 잔을 뻗어 건배를 청했다. 지모샘과 잔을 힘차게 뻗어서 깨지는 소리가 나게 부딪혔다.

"누가 봐도 위급 상황인데, 아무것도 하는 게 없다. 잡히지 않는 코로나가 신출귀몰하고. 빚투가 아니면 불가능한 아파트가 폭등하고, 젊은이는 영혼을 끌어다 빚을 내 주식에 몰빵하고, 자영업자 망하는 곡소리 요란한데. 분명히 위급한 상황인데…. 무엇인가를 하겠지. 기다려도 아무것도 하는 게 없어. 세상이 왜 이렇게 맹숭맹숭해? 소금기 없는 설렁탕 국물 떠먹는 것처럼 나라가 참 싱겁다."

취한 조 사장이 지그시 눈을 뜬 채, 낮고 질긴 음색으로 말했다. 여전히 쥔 술잔이 부르르 떨었고 소주가 손으로 흘렀다. 조 사장의 주절주절한 말을 자르고 싶었으나 너무 가혹한 처사라는 생각으로 참았다. 아들과 며느리까지 끌어들인 가족의 생업을 위해 겪었을 숱한 고난을 지금만이라도 토해내게 하고 싶었다. 내일 아침에 회전문처럼 다시 돌아와 조 사장의 가슴을 짓누를지라도.

지모샘이 졸린 눈을 치켜뜨고 고개를 끄떡였다. 조 사장의 복잡하고 난해한 심정에 동조의 신호를 보냈다.

"테스 형. 세상이 왜 이래. 테스 형. 테스 형."

조 사장이 소리를 버럭 지르고 비틀 일어나서 술좌석이 종료됐다. 그새 눈이 하얗게 쌓였다.

"조 사장이 말씀하신 살인자가 무슨 뜻이에요?"

조 사장과 헤어지고 둘이 걸어가면서 지모샘이 물었다.

"사람 죽였으면 살인자지 무슨 다른 뜻이 있겠어?"

얼버무리고 헤어졌다.

사람을 죽여야 살인자인가. 젊은이가 결혼하지 못해서, 집이 없어서, 직업이 없어서, 살기 어려워서 아이를 낳지 않아. 아이를 낳지 못하는 이 상황을 만든 그자들이 살인자야.

술에 취한 조 사장의 말을 주억거리며, 제법 쌓인 눈으로 자박자박 걸었다.

일주일 후, 조 사장의 노모 구순 생신이라 시골 형님댁에 다녀왔다고 가족이 찍은 사진을 카톡에 올렸다. 맏형이 오 년 전 경운기 사고로 작고하고, 맏형수가 노모와 산다고 했다. 생신 축하드린다고, 건강하게 오래오래 사시기를 기원한다는 답글을 올렸다. 조 사장과 형수가 좌우에, 노모가 가운데 앉은 사진도 올렸다. 노모는 연세가 구순이라 그렇다지만, 맏형수의 오래오래 건강하겠다는 의욕이 보이지 않았다.

닷새 후에 조 사장 맏형수 별고 소식이 카톡에 올라왔다.

사회적 격리 시행이 엄중해서, 조문 갈 생각을 하지 않았다. 조 사장이 조문은 사양하며 가족장으로 한다는 의사를 표했다. 동창회 총무가 마음 전하는 곳이라며 조사장의 계좌를 공지했다. 모친이 아닌 형수의 별고라 조문객도 마음을 전하는 이도 많지 않을 터였다.

조 사장의 형수 별고를 지모샘에게 알려주어야 하는지 고민이 생겼다. 사실은 고민할 필요가 없었다. 부모상이 아닌데, 겨우 두 번 안면 인식한 사이로 조문은 분수없다는 평에 직면할 가능성도 있었다.

후일에 셋이 만났을 때. 지모샘이 면괴스러워질까, 혹은 알려주지 않았다고 핀잔을 듣는 것은 아닐까, 망설인 끝에 알려주기로 마음먹었다. 조문 여부는 지모샘이 판단할 사안이다.

연락처를 검색하다가, 조 사장이 이미 알려준 것은 아닌가 의심 들었다. 발신 버튼을 눌렀고, 지모샘은 모르고 있었다. 국가직 2급의 고위공직자인 지모샘 남편이 세종시 정부종합청사에서 오랜 기간 근무하고, 차로 한 시간 거리에서 부군수가 되었다. 지모샘이 부군수 사택에서 집으로 가려는 참이라며, 조금 기다려 같이 가자고 청했다.

사회적 격리가 강화되고, 자영업자의 생계가 한계점으로 도달하는 상황이라, 부군수의 급여에서 매월 백만 원씩 기부하기로 했다고, 이사한 아파트의 대출금 상환 때문에 거덜이 날 지경이라고 지난 만남에서 불평했다.

상주가 조문을 원하지 않고, 사회적 격리가 엄중한데 괜찮겠냐 물었다. 영정에 절하지 않고 상주만 만나면 근처 식당의 식권을 주는 경우가 있더라며, 바람도 쐬고 나들이도 할 겸 다녀오자고 지모샘이 주장했다.

조문자 중 확진자가 발생해서 자가격리 되고, 만일 확진자로 판명되면 해임의 징계에 직면하는 최악을 지모샘이 간과했다.

"마스크 쓰고 승용차로 다녀오면 안전해요."

자모샘이 고집을 굽히지 않았다. 도착하면 전화하겠다며 통화가 끊겼다.

단호하게 거절하지 못했음을 일 분도 지나지 않아 자책했다. 지모샘이 사택에서 계속 머무르기를 바라며, 오늘 중에는 통화 벨이 울리지 않기를 바라며, 불안에 서성였다.

무슨 사유에서인지 사진첩을 꺼냈다. 결혼해서 분가한 딸과 아들을 보고 싶었다. 첫 장에 있어야 할 아내와의 결혼식 사진은 이십오 년 전쯤, 서른 중반에 소실되었다. 소실이란 용어는 맞지 않았다. 눈이 퉁퉁 붓도록 운 아내가 부엌 바닥에 앉아 갈기갈기 찢었다. 딸과 아들이 초등학생이었을, 되돌아보기 싫은 시기를 기억에서 지웠다. 파렴치하게도 내 인생의 기억 테이프에서 잘라냈다. 딸의 결혼사진, 아들의 결혼사진, 영정으로 사용한 어머니 사진, 아내가 연대기처럼 차례로 배열하면서, 첫 장을 비워두었다. 막내 내외와 시골집에 살아계신 아버지는 아내의 연대기에 수록되지 않았다.

매일 아침 똑같은 시각에 혈압을 낮추는 알약을 복용했다. 정해 놓은 시각에 목구멍으로 넘어가야 효능이 있을 것이라는 신념에 갇혔다. 몸통이 두툼해지고서 순환기에 문제가 생겼다. 현미밥과 우거지를 넣은 된장찌개와 두부와 양송이버섯과 시금치나물 무침과 소금을 첨가하지 않은 마른 김이 반찬으로 차려졌다. 삼겹살과 묵은김치로 끓인 찌개와 양념게장은 젓가락이 닿아서는 곤란한 아내의 몫이 되었다.

예정 시각보다 이십 분 빠르게 지모샘이 도착했다. 한 시간의 주행 거리에서 이십 분 단축했다면 가속페달을 작정하고 밟은 거였다. 지모샘이 내처 운전하겠다고 해서 조수석에 앉았다. 오후 다섯 시에 출발해서 한 시간 후 도착하고, 조 사장을 잠깐 면담하고, 식권을 받았다면 식사 시간을 셈에 넣어도 여덟 시까지는 돌아올 수 있었다.

장례식장에 도착하기 전에 어두워지는 기미가 짙어지고 머릿속도 흐릿해졌다. 주차하고 장례식장으로 들어갔다. 조 사장을 만나기 전에 화장실에 들러 복장과 애도의 표정을 점검한 후 손을 정갈하게 씻었다.

조화가 늘어선 복도에서 조 사장이 서성거렸다. 따지고 보면 고인은 조 사장의 혈연이 아닌 타인이다. 맏형과 결혼해서 분향소를 지키는 장조카를 낳았다. 장조카와 맏형을 연결해야 조 사장과 혈연이 성립된다.

분향소 입구 방명록에 지모샘이 서명하는 중에 부의금 봉투를 함에 넣었다. 상복을 입은 유가족과 유니폼을 입은 도우미가 모두였다. 상주가 바닥에 멀거니 앉아 무료한 하품을 주먹으로 막았다. 조 사장 아들이 내미는 식권을 받았다. 지모샘의 아파트 근처에서 좀 늦은 저녁밥을 먹고 싶은 내 의중을 묻지도 않고 식권의 식당으로 운전했다.

장례식장 호실과 도장이 찍힌 식권으로 선택할 수 있는 음식이 무한정이었다. 메뉴에 있는 것들 무엇이든 먹을 수 있다고, 사회적 격리에서도 수입이 짭짤해진 주인이 장삿속을 내비쳤다.

"소주 한 잔은 하셔야죠? 소맥을 하시던지."

지모샘이 차림표를 받아들고, 눈을 찡긋 감았다. 운전 때문에 무척 아쉽다는 표정으로 읽혔다.

"오늘은 세눅스가 당기는데 포기하겠습니다."

거절하는 의미로 세녹스를 말했다. 지모샘이 캘리포니아 남단 샌디에이고에서 했던, 입술과 어깨를 살짝 기우뚱하는 시늉을 보냈다.

세녹스 가능합니다. 차림표를 건네주고 되돌아가던 주인이 멈칫서서 크게 말했다. 지모샘의 권유를 거절하려는데 훼방꾼으로 나섰다.

"유사 휘발유가 메뉴에 있어요?"

지모샘의 눈동자가 반들거렸다. 한때는 휘발유에 세녹스를 섞은 불량휘발유가 유통되었고, 안정성에 문제가 생겨서 판매 금지되었다. 소주에 맥주를 섞어 불량 소주를 만든다고, 즉 세녹스를 제조한다고 술자리에서 키득거리곤 했다.

"세녹스 주세요."

지모샘이 기운차게 주문했다.

갈증이 심할 때, 긴 걸음, 긴 대화, 먼 인연의 만남, 뙤약볕에 오래 서있었을 때, 맥주에 소주를 희석한 맛이란 어떤 음료와도 비교 불가능했다.

싱거워진 영혼, 조바심으로 지쳐있는 육신, 허탈감에 젖은 심신을 일시적으로 삭이는 데는 그만이었다. 섞어서는 곤란한 이물질을 첨가한 맛의 쾌락은 예상 밖이었다. 조 사장과 불량 맥주, 즉 세녹스를 예찬하던 기억이 떠올랐다. 둘의 낄낄거림은 억양이 하향 평준화되어 얼핏 들으면 배터리가 방전되는 녹음기가 연상되었다. 희망과 열정과 환멸이 범벅된, 삶의 의미를 통달한 늙은 광대처럼 웃었다. 웃고 나면 슬픔을 후렴으로 느꼈다.

조문 중에 술을 마신다는 것이 예의를 벗어나는 일도 아니었다. 문상가서 상주와 밤새우는 것이 미덕인 시절이 오래되지 않았다. 사회적 격리가 엄격해지면서 문상객에게 지급하는 식권 문화가 생겼다. 고인을 애도하러 와서 식권으로 술을 진탕 마신다는 것은 예의가 아니었다.

지모샘이 소주병 뚜껑을 손아귀로 바드득 비틀었다. 만류할 틈도 주지 않고 맥주병 뚜껑을 펑 소리로 벗겼다.

원하지 않는 술을 마시게 되었다.

사실 나는 우유부단함에 떠밀려 이 순간까지 살아왔다. 아내가 결혼사진을 갈기갈기 찢어 부엌 바닥에 팽개친 것은 내가 우유부단함에서 명쾌하게 벗어나지 못한 것이 원인이었다. 안 되는 것은 거절할 줄 알고, 베푸는 인정의 한계를 명확히 했더라면 인생의 기억 테이프를 잘라내는 파렴치한 놈은 되지 않았을 터였다. 우유부단했던 시절이 돌이킬 수 없는 자책의 뿌리가 되었다.

지모샘이 소주잔을 겹쳐 놓더니, 아래 잔의 선 높이로 위 잔에 소주를 따랐다. 맥주와 섞을 분량을 계량하는 여러 방법 중에서 하나를 시연하여 소맥을 만들었다. 이물질이 섞여 색깔이 황금빛으로 아름다워진 맥주를 지모샘이 코앞에 내밀었다. 내키지 않는 다는 표정으로 한 모금 마셨다. 목구멍으로 파고든 세녹스의 짜릿함이 배꼽 언저리로 내려갔다.

선짓국이 나왔다. 남은 세녹스를 마저 마시고 선지를 입에 떠넣었다. 선지가 뜨거워서 하아하아 공기로 희석하는 중에 조 사장의 전화가 왔다. 식사를 막 시작했다는 말만 듣고 통화를 끝냈다. 뜨거운 선지를 두 덩어리 먹었을 때 상복의 조 사장이 들어왔다. 지모샘이 같이 먹자고 권했다. 색감 좋은 선지를 바라보던 조 사장이 주인에게 손짓했다.

고인의 삶이나 고인의 마지막 순간과 장례 일정을 묻지 않았다. 조문객이 예의로 묻고 상주가 의무로 앵무새처럼 반복했을 말들은 생략했다. 장례와 관련한 말을 하지 않음은 며칠 전 셋이 영유한 분위기를 재현하고 싶은 묵시적인 합의가 약간은 있었다.

상주가 만들어 건넨 세녹스를 거절할 수 없었다. 두 잔의 세녹스로 흐릿해지는 판단력, 마비되는 전두엽이 야금야금 허물어졌다. 지모샘이 만들어 건네준 세녹스를 마다치 않고 마셨다.

조 사장과 지모샘이 명쾌한 의식과 격식 있는 언어와 또렷한 발음으로 얘기를 나누었다. 걷잡을 수 없는 취기에 나는 몽롱해졌다. 녹내장 망막에 비치는 장면처럼, 조 사장과 지모샘이 아직 손상되지 않은 영역에서 또렷하고, 나는 손상되는 망막의 회색 영역으로 밀려났다.

젊은 날 내게 치명적인 손상은 탈모였는데 삼십 대에 시작하고 완성되었다. 반들반들 빠진 것도 아니고 정수리를 중심축으로 찻잔을 엎어놓은 원형탈모였다. 외모가 보통 사람의 범주에서 벗어난다는 것은 단순히 겉모습만 외톨이가 되는 것이 아니었다. 외모에 포장된 감정과 사상도 덩달아 변했다. 포장지가 빛이 바래 너덜너덜해지듯 사람의 감정도 묵으면 닳거나 쇠잔해지는 것일까? 어쨌든 머리칼이 낡은 오라기로 풀려나갔다. 정수리 주변에 반질반질한 속살이 드러났다. 탈모가 진행되면서 행동방식도 느릿한 속도로 변했다. 성격이 점차 둔감해졌다. 주변 상황에 대한 무관심이 커지고, 스스로 외톨이를 자처하며, 구경꾼을 자처하면서 삶의 촉수까지 무디어졌다. 무디어진다는 것은 곧 상실이었다. 거미줄처럼 정돈되어 있어야 할 주변과의 관계가 끊어지고 있었는데 더욱 우려되는 것은 그러한 사실을 알면서도 방관하고 있다는 사실이었다. 방관과 착각으로 가치를 상실해갔다.

도구가 점차 낡아지듯이 사람도 사람이 쓰는 도구와 다를 수 없는 존재였다. 낡아지는 것은 곧 보수적임을 드러냈다. 선거 때마다 보수 성향 후보에게 표를 던지겠다고 노골적으로 말했다. 보수는 곧 안정이라는 것이 논리였다. 보수가 아닌 모든 것들은 혼란과 불안정으로 뭉뚱그려 단정되었다. 변화를 청산가리처럼 외면하는 낡음의 위력. 내게 일어나고 있는 육체적 정신적 낡음의 끝은 세상에서의 종말이며, 스트레스가 가져온 고혈압약 아스트릭스캅셀 100mg을 복용하게 되었다.

혈액 투석이 십 년에 도달한 어머니는 거동이 자유롭지 못했다. 이틀에 한 번의 투석이 삶의 필요조건이 되었다. 신장이 걸러내지 못하는 독소의 강제 분리 과정에서 고통을 줄이기 위해 식사량이 제한되었다. 요양병원 의사가 바뀔 때마다 나를 불러, 위급한 상황에서 연명 장치를 장착할 것이냐 물었고, 각서를 다시 썼다.

병원으로 가면서, 남은 생명이 얼마일까, 가늠하러 가는 감시자라는 생각이 들었다. 그만 이승의 끈을 놓아도 좋겠다는 생각도 했는데, 솔직하게 말해 남모르게 꾸어본 감춰진 꿈이었다. 가족력의 족쇄에서 벗어나지 못하고, 혈당이 제어되지 않으면서, 죽기 전까지 혈액 투석은 모면하게 해 달라는, 이것도 꿈이다.

새로운 것을 바라는 꿈은 이제 내게는 없다. 지금의 나를 이탈하지 않는 순탄함을 바랄 뿐이다. 복권 당첨과 같은 일확천금의 요행수는 바라지도 않는, 그저 씁쓸하게 웃고 마는 나이가 되었다.

지모샘이 운전하는 차에서 목이 말랐고, 혀가 씀바귀를 씹은 것처럼 씁쓸했다. 식당에서 했던 말들을 차근차근 상기했다. 여덟

시면 넉넉하게 돌아올 것이라고 셈했는데 식당에서 열 시에 출발했다.

"지모샘의 고집불통이며 똑 부러지는 성격이 교육 에세이에 고스란히 녹아들었더라? 400쪽 분량의 경험담을 어떻게 기억해냈느냐? 과장과 추측의 분량이 이백 페이지는 되는 것이 아니냐?"

앞만 보고 운전하는 지모샘의 교육 에세이를 평하는 실수를 범했다. 칭찬한다고 시작한 말에 비꼼이 섞였다. 그렇게 비호감으로 말할 의도가 아니었다. 식당에서 소외되었다는 섭섭함을, 혼자의 착각일 수 있지만, 자제하지 못했다. 무슨 말로 어떻게 변명해야 하나 망설였다.

"저보다 책을 훨씬 많이 쓰신 분이 그렇게 말씀하시면 드릴 말 없어요."

식당에서 조 사장과 생기있고 발랄하던 목소리가 아니었다. 조수석으로 눈길 주지 않고 어둠을 헤집는 전조등에 직시했다. 지모샘이 경험에 의한 본인의 철학과 사상이라고 반박하지 않았다. 교육 에세이에 대해서는 말하지 말 것을, 후회했다. 지모샘이 계속 입을 다물어 자존심이 오그라들었다.

"192쪽 웬 위 그로우 업을 읽고 여태껏 궁금했는데…"

자존심을 회복하고 지모샘의 마음을 달래줄 대화가 필요했다. 밝아졌다가 어둡게 밀려나는 차선에 시선을 고정한 지모샘의 표정을 엿보았다.

"그것은 분량이 세 쪽밖에 안 되는데요?"

다행히 지모샘이 침묵을 깨고 화답했다.

"역시 지모샘이야. 사백 쪽 본문의 목차가 오 쪽이고, 목차의 수도 족히 오십에 달하는 쪽수의 분량을 기억하다니."

안도감이 생겨서 두서없는 칭찬을 주섬주섬 늘어놓았다.

"소갈비 안주로 소주 먹을 때 말씀하셨잖아요. 192쪽을, 그래서 집에 가자마자 확인했어요."

지모샘이 비로소 짐짓 웃었다.

"가슴에 꿈 하나쯤이라고 쓴 것도 기억하겠네?"

"네. 기억해요."

정지신호가 켜졌고 교차로에서 정지했다. 지모샘이 내게 얼굴을 돌렸다.

지모샘의 192쪽, 하나쯤이라는 단어에 예민해진 상태였다. 꿈. when we grow up. 하나쯤? 내 나이면 그로우 업이 완료되었다는, 억울하고 슬프고 분노가 치밀어도 인정해야 했다.

지금 내게 꿈은 무엇일까. 하나쯤에 대치하는 꿈을 골라내려 시도했다. 너무너무 많아서 쉽게 골라질 줄 믿었는데, 도드라지게 발견되는 꿈이 생각나지 않았다. 가족이 모두 건강하고, 아내가 아프지 않고, 결혼해서 분가한 딸과 아들이 직장에 꿋꿋하게 붙어있고, 내가 출판한 책이 잘 팔리고, 그리고… 그리고, 딸처럼 며느리가 손자를 낳고, 가족에게 얼마씩 나누어 줄 수 있게 복권의 당첨…, 순서 없이 생각났다. 더 생각하면 또 있을, 내가 바라는 이것들이 지금의 내 꿈일까.

"지모샘의 책에서 얻은 의문인데. 지모샘의 지금의 꿈은 뭐라고 말할 수 있어?"

묻는 동안에 녹색 신호등이 켜져 출발했다. 교차로에서 출발하여 주행속도를 회복하는 동안 지모샘이 운전에 열중했다. 사적이고 주관적인 것을 괜히 물었구나. 참 바보스러운 질문이라 대답하지 않겠지. 후회했다.

"지금은 선생님을 안전하게 모셔 드리는 거겠죠?"

따라오는 차와 안전거리가 되자 지모샘이 고개 돌려 살짝 웃었다.

"내가 차에서 내리면 그 꿈은 소멸이 되겠네?"

지모샘의 웃음에 감전되어 살포시 웃으며 물었다.

"꿈은 고정이 아니잖아요? 시간이 사계절로 흐르고, 강물이 장대하게 흘러가면서 항상 똑같은 마음이겠어요?"

지모샘이 속도를 줄이면서 천천히 말했다. 지성과 미모를 겸비한 선생님을 세 글자로 함축하여 지모샘이라 별칭을 내가 만들었지만, 탁월한 작명이었다.

"식당에서 조 사장은 형수님이 오래 살기를 바랐다고 말했어요.

왠지 아시죠?"

지모샘은 내가 당연히 알고 있다는 어조로 물었다. 식당에서 연거푸 마신 세녹스 때문에 둘의 대화가 귀에 들어오지 않았다. 지모샘과 조 사장이 언제 어떤 접촉으로 저렇게 친한 사이가 되었을까. 문상의 필요성을 느끼지 않는 나를 재촉한 속마음은 조 사장을 보러 오기 위함이라는, 오해인지 사실인지 파악이 불분명한 시샘 때문에 둘의 대화를 듣지 않았다.

"거동이 어려운 노모를 책임져야 할 사람이 필요했던 거죠."

노모가 살아있는 동안 맏형수도 살아있어야 한다는, 조 사장의 바람을 지모샘이 말했다. 열 살이나 아래인 지모샘의 유연한 지혜에 고개를 끄덕였다.

"아들 내외를 포함해서 온 가족의 생계가 달린 사업이 잘되고, 손자를 얻고, 또… 조 사장의 꿈이 더 있겠지만, 형수님의 별고로 조 사장의 꿈 하나가 무너졌다고 생각했어요. 식당에서."

지모샘이 갓길에 차를 세웠다. 운전석에서 내려 캄캄한 하늘로 기지개를 켰다. 차에서 나온 나는 오가는 차의 전조등이 닿지 않는 캄캄한 곳으로 걸어가 오줌을 길게 누었다.

"조 사장의 걱정거리가 생겼네."

시원해진 몸으로 조수석에 앉아 말했다. 지모샘이 벨트를 매려다 빙그레 웃었다. '선생님도 아셨네요? 192쪽의 의미를.'라고 말하려는 웃음으로 받아들였다.

감당하지 못할 꿈은 이제 꾸지 마세요.

꿈이 크면 물욕이거나 명예욕이겠지요.

머리가 몰랑몰랑한 나이가 아니잖아요?

5.

맛이 다른 공간들

공간에 따라 공기의 맛이 다르다.

다섯 단어의 문장과 종일 사투했다. 어제와 같은 오류가 있어서
는 안 되겠다. 내일 상욱과의 대화를 위해 준비된 화두. 공기의 맛
이라는, 두 개의 단어가 이상야릇이 마음을 홀렸다. 고매한 형이
상학의 문장을 생각해냈다니. 영신이 침대에 누워 말똥말똥 자찬
했다. 절치부심 마련한 문장이 수면 중에 희미해지면 난감하다.
잠들기 전에 일어나 메모했다.

반론에 대항하지 못해 흐지부지된 어제의 화두. 코스모스는 교
잡종이 더 예쁘다. 역시 확신이 넘쳤었다. 소름이 소르르 돋는 성
공의 예감, 자화자찬이 충만했었다. 토론이 시작되고, 눈을 두 번
깜박인 상욱의 반론에, 확신이 와르르 무너졌다. 엄마의 개인적인

취향이다. 코스모스의 하양과 빨강이 순색이라는, 분홍이 순색의 교잡종이라는, 교잡종이 순색보다 예쁘다는, 논리가 엄마만의 억지라고 상욱이 반론했다. 영신이 반박의 논리를 찾아내지 못했고, 확신에 찼던 화두가 흐지부지 무너졌다.

어제와 같은 논리의 오류는 없을 것이다. 수면의 중추가 고무되어, 쉽사리 잠들지 못할 것이라는 우려가 생겼다. 일부터 시계를 뒤집어 놓고 뒤척였다. 새벽녘에 풋잠 들었다가 화다닥 눈 뜨니 새벽이었다. 오늘의 화두, 공간에 따라 공기의 맛이 다르다. 다섯 단어의 고매하며 또랑또랑함이 썩 마음에 들었다. 뿌듯하고 길게 기지개를 켜고. 절치부심의 묘수라고 자찬했다.

"맛? 공기가 맛이 있다고? 엄마. 맛은 음식에나 있어."

아침 밥상에서 상욱이 어제처럼 반론을 제기했다.

"만선의 고깃배가 정박하는 어항의 공기 맛을 기억해 봐."

영신이 고깃배와 공기의 맛을 실마리로 주고, 내다본 창밖의 아침 봄볕이 기가 막히게 좋았다.

"짠 냄새 나는 거. 누구나 알아."

항구의 냄새가 짜다. 상욱이 공감했다. 항구의 공기가 짜다, 공기와 맛이 동화될 조짐의 증거였다. 고깃배가 드나들고. 바다에서 건져 올린 생선이 하역되고. 비늘이 덕지덕지한 그물. 어항에 단지 짠 냄새만 있는 게 아니지만, 상욱이 짠 냄새를 기억했다.

"엄마도 어항이라는 공간에서 짠맛을 어렵지 않게 기억해."

상욱이 말한 짠 냄새를, 영신이 짠맛으로 치환했다. 맛과 냄새의 감각기관, 입과 코가 목구멍으로 합일된다는 논리를 은근 내밀었다.

"공간에 따라 공기의 냄새가 다르긴 하지."

상욱이 공간에 따라 냄새가 다를 수 있음에 동조했다. 영신은 안심했다. 눈망울 굴리며 반론을 정돈하는, 상욱의 입술을 지켜봤다. 상욱이 논리를 비틀어야 대화가 계속될 수 있다. 상욱이 반론을 포기하면, 오늘도 막막과 지루의 숨 막히는 공간에서 버거워야 했다.

공기의 냄새와 맛이 어떤 논리로 치환되는지 중요하지 않았다. 식탁에 앉아 문답을 주고받으면서, 의견의 일치나 차이가 어느 정도인지는 문제 될 게 없었다. 갇힌 공간에서 대화의 실마리가 끊어지는 것이 두려웠다.

자가격리가 열흘이 넘으면서 대화가 고갈되었다. 익숙하지 않은 낯섦이 켜켜이 누적되어, 하루가 통째로 지루해졌다. 소 닭 보듯, 멀뚱멀뚱한 하루가 끝나면 몸이 젖은 솜처럼 나른하고 피곤해졌다. 아들이 하숙생인 것처럼, 밥을 먹고 소파에 함께 앉아도 나눌 얘기를 찾지 못했다. 상욱이 온라인 수업에 돌입했다. 스물네 평의 연립으로 제한된 자가격리가 나흘 후면 해제된다. 봄볕이 저렇게 좋은 밖의 공기를 흠씬 마실 수 있게 된다.

아침 뉴스를 듣고 불쾌한 무엇이 목구멍으로 치밀었다. 격리 해제 후에도 온라인 수업이 달라지지 않는다는, 앵커의 브리핑에 맥이 풀렸다. 지루함과 서먹함을 허물기 위해 영신이 대화를 시도했고, 다행히 상욱이 마다치 않았다. 대화가 고갈된 공간에서, 일상이 버거워짐을 상욱도 원하지 않았다.

"갇힌 공기의 맛과 봄볕 좋은 들판의 공기 맛이 똑같진 않아."

물꼬가 트인 대화에, 영신이 목소리를 조금 높여 자축했다. 영신의 시선이 향한 창밖으로, 상욱도 황홀하다는 표정으로 넋을 잃었다.

"저곳의 공기는 흐름이 자유로우니까."

상욱이 무리 없이 동조했다.

"천연의 햇볕이 있고."

영신이 추임새를 넣었다.

"갖가지 색깔도 있어."

상욱이 어깨춤 실룩이듯 화답했다.

"저곳은 공간이 무한할뿐더러, 보이는 것들이 역동적이지. 건물을 고정된 축으로 자동차와 사람이 움직이고, 바닷새가 갯벌로 날아가잖아?"

봄볕에 취한 영신이 띄엄띄엄 말했다. 밖으로 나가고 싶은 상욱의 간절함을 읽었다.

"사람도 각자의 색깔로 꽃을 피우고, 결실과 휴식을 하며, 계절에 순응해야 해."

영신이 여운을 길게 늘여 덧붙였다.

"사람은 공기가 역동적인 곳에서 숨을 쉬어야 건강해."

상욱이 온라인 수업 시간이 되어 방으로 들어갔다. 영신은 점심을 위해 냉장고에서 청경채를 꺼내 다듬었다.

멘토가 숨을 쉬고 있을까. 잠에서 깨기 직전의 꿈에서, 상욱의 방문을 두드리던 장면이 또렷하게 떠올랐다. 새벽에 기지개를 켜고, 오늘은 상욱이 등교하는 날이며, 멘토가 동물병원에 가야 한다는 것을 상기했다.

멘토와 잠든 상욱이 일어났을 텐데. 조용한 것으로 미루어 멘토가 숨을 쉬고 있다. 아침을 먹고 상욱이 학교로 간다. 온라인 비대면 수업이 종료되었다. 코로나 확진자가 늘어났기 때문에 입학식을 하지 못했다. 고무줄처럼 줄었다 늘었다 반복되는 확진자로, 언제 또 등교가 중지될지 모르는 교실로 상욱이 처음 가는 날이다.

격리가 해제되어 새벽 시장에 다녀왔기 때문에, 적어도 일주일의 늦잠이 가능해졌다. 다섯 시로 조작해 놓은 알람의 해제를 잊고 잠들었다. 알람을 해제하는 단순한 조작의 누락으로, 일곱 시까지의 달콤한 늦잠을 빼앗겼다. 오늘의 일상에 영향이 미칠 거라는 예감이, 기분 언짢게 뚜렷했다.

영신에게 늦잠의 달콤함이란 익숙하지 않았다. 시작점을 가늠하기 어려운 시기부터 달콤한 잠에 빠져들지 못했다. 온몸에 신경 돌기를 칭칭 감아놓은 듯, 잠자리에 누워도 허공에 매달려 있는 환상에 빠져 깊은 잠을 이루지 못했다. 아침에 일어나면 얼굴이 푸석했고 피부가 팍팍했다.

불면이 왜 생겼을까. 상욱의 온라인 수업 외, 연립에서의 사물의 모양이나 성질의 달라짐이 없다. 외출이 꺼림칙해지고, 출생한 해의 끝자리로 제한된, 화요일만 약국으로 마스크를 사러 가야 하고, 개발되지 않은 원시 동굴처럼 안전에 대한 보장이 없는 식당과 영화관에 갈 수 없다. 마스크를 착용해야 하는, 전에 없던 일상의 조건이 야금야금 생겨났다. 상욱과 영신이 십사 일의 자가격리에서 해제된 것도 변화였다.

불면에 허덕이며 일주일에 하루는 죽은 듯 잠들었다. 불면에 시달리면서도 살아남아 있을 수 있는, 일종의 비타민을 복용하는 시간인 셈이었다. 대략 일주일의 육 일은 징검돌을 건너듯 위태로웠다. 하룻밤의 죽음 같은 잠이 영신을 지탱하게 했다.

커튼을 젖혀 아직 캄캄한 새벽을 바라보았다. 어둠에서 밝음으로 점진적인 변화의 시간에, 영신은 괴괴한 공간에서의 홀로서기를 자처했다. 오늘이 어떨 것이라는 예감과 어제의 일상 중에서 영신에게 짐이 된 것은 없는가, 돌아보는 시간이었다. 어제를 디딤돌로 오늘이 순탄하기를 묵도하며, 돌발하는 상황에 꿋꿋하고 참을성 있게 견뎌야 한다는 다짐을 잊지 않았다. 안경을 쓰고 착시를 교정하는 것처럼, 어그러지는 일상을 방관하지 않기로 했다.

아직도 상욱의 방이 조용한 것으로 미루어, 멘토가 살아있다. 창문을 열었다. 고등어를 도막으로 자른 후 환기하지 않은, 비릿한 냄새가 스며들어왔다. 비가 오려는 징후가 뚜렷했다. 새벽이 비를 예감하면 비릿할 수가 있구나.

멘토가 몇 살일까? 멘토의 풀 수 없는 궁금증. 애완견 몰티즈가 질병으로 죽지 않을 경우의 수명을 검색했다. 멘토의 출생 시기를 모르니, 남은 반려 기간을 가늠할 수 없다. 어미가 어디 있고, 어떤 경로로 입양되었는지. 아는 게 없다. 멘토의 존재가 애틋했다. 게다가 수컷이어서, 어린 강아지의 생식기를 제거하는 중성화 수술을 했다.

신혼부부가 살던 지금의 연립으로 이사 오면서 멘토를 처음 만났다. 이사 후 가구 정리가 되면 데리러 오겠다며, 잠시만 맡아달라고 부탁해 놓고, 한 달이 넘어도 오지 않았다. 영신이 석 달을 기다렸다가, 멘토를 안고 부부를 찾아갔다.

만삭인 여자의 배에 손을 얹고, 다음 달에 신생아가 태어난다. 영신이 멘토를 놓고 가면 유기견이 될 것이다. 부부의 신생아를 위해 강아지랑 살 수 없다. 생명의 출산을 앞둔 젊은 부부가 멘토의 죽음쯤은 문제가 되지 않는다는 표정으로, 부탁을 가장해서 협박했다. 영신이 멘토를 포기하면 안락사될 것이라고. 비정한 암시를 눈 깜짝하지 않고 토해냈다. 능글능글 웃는 표정과 눈빛으로 겁박하는, 젊은 부부의 만행에 영신의 가슴이 막막했다. 눈물이 솟고 분해서 화가 났다. 매정한 부부와 앉아있는 동안 악취에 취한 듯, 속이 매스꺼웠다. 영신은 약국으로 가서 까스활명수를 복용했다.

멘토가 이미 당뇨를 앓기 시작했다는 것을 그때는 알지 못했다.

장마가 지루하게 계속되면서, 멘토의 산책이 제한되었다. 갑갑하고 더워서 갑자기 물을 많이 먹는 줄로 알았다. 매일 영신과의 산책이 습관화된 멘토가 스트레스를 받았을 것이라며, 크게 염두에 두지 않았다. 식탐이 늘었고, 밤중에 일어나 물을 먹는 소리가 자주 들렸다. 먹는 만큼 체중이 늘지 않았다. 털의 윤기가 없어지고 가슴으로 갈비뼈가 드러났다. 상욱과 식사하는 식탁으로 걸어오다가 머리를 식탁 다리에 부딪혔다. 멘토의 몸개그가 대견하다고, 상욱과 영신이 웃었다. 당뇨 중증으로 시력에 문제가 생겼다는 것을 짐작하지 못했다. 또 우스꽝스럽게 부딪히기를 바라면서 웃었다.

영신이 멘토를 안고 동물병원으로 갔다. 사료의 조절로는 불가능하고 인슐린만이 혈당 수치를 제어할 수 있다. 이토록 심각한 증상을 관찰하지 못했느냐. 의사의 말을 핀잔으로 해석하며, 영신이 고개를 주억거리기만 했다.

입학식 닷새 전. 전화가 왔다. 검사를 위한 시료를 채취할 것이니, 즉시 보건소 선별진료소로 나오라고 했다. 느닷없이 격앙되었다가 차츰 누그러지는 음색으로, 상욱의 영수 단과 학원에서 확진자가 나왔다고 말했다.

확진자라는 말에 영신은 겁이 덜컥 났다. 저절로 자신의 이마에 손등을 얹었다. 상욱도 영신을 따라 이마에 손바닥을 얹었다. 보건소에서 열이 있는지 물었다. 없다고 대답하자, 그럼 체온측정기가 있느냐고 물었다. 병원에나 있는 것이지 가정에서 그것이 있어야 하냐며 머뭇거렸다. 한 달 전에 쿠팡으로 산 체온계가 생각났다. 보건소에서 가족관계를 물었다. 검사도 하지 않았는데, 영신은 확진자 취급을 하는 말투에 짜증이 났다. 수화기로 영신의 숨소리가 거칠어졌다. 가족 구성원 빠짐없이 마스크를 반드시 착용하시고, 즉시 보건소로 오라고 통보해 왔다. 가족 구성원은 영신과 상욱뿐이다. 검사받아야 할 가족이 조촐하고 간단은 했다. 영신은 뭔가 허전하고 아쉽다가 서글퍼졌다.

보건소 마당 선별진료소에서 이십 대 학원 강사가 턱을 쳐들어 시료를 채취당했다. 학생과 가족이 거리를 유지하며 차례를 기다렸다. 쓰나미에 휩쓸린 후쿠오카 원전의 재난 상황이 떠올랐다. 마스크로 입을 가리고, 겁에 질린 눈빛으로 차례가 되면 콧속 살점을 뜯겼다. 영신은 콧속이 시큰하고 이마가 찡하니 눈물이 찔끔 나왔다.

시료의 반응이 양성이면 격리 병동에 입원해야 한다. 결과가 음성이어도 자가격리를 해야 한다. 공중 보건원이 같은 말을 참을성 있게 반복했다. 어찌했든 상욱을 비롯해 강사의 학원에 다닌 중학교 예비 신입생은 입학식에 참석할 수 없게 되었다.

상욱이 입학할 중학교로 영신이 전화했다. 신입생 김상욱의 담임이 누구신지 물었고, 통화를 요청했다. 영신이 통화 용건을 말하기 전에, 김상욱 학생은 입학식에 오시면 안 됩니다. 담임이 먼저 선을 그었다. 상욱을 포함해서 입학식에 오면 안 되는 명단을 보건소로부터 통보받았다고, 학부모도 참석 불가라고 덧붙였다.

입학식을 기다리는 닷새 동안 확진자가 급격하게 늘었다. 모든

학교의 입학식이 취소되었다. 교문을 통과한 주차장 천막에서 드라이브인으로 교과서를 받아왔다. 입학식 없이 중학생이 되었고, 방에 홀로 앉아 수업을 듣게 되었다.

상욱과 영신의 시료 반응이 음성으로 통보되었다. 격리 병동의 강제 입원은 모면했다. 십사 일은 밖으로 나갈 수 없고, 누구와도 접촉이 불가한 자가격리에 처했다. 문밖에 구호 상자가 도착했다는 문자가 왔다. 삼분 카레, 햇반, 봉지 김, 참치 통조림, 생수가 배급되었다.

자가격리 중에 양성으로 확진되는 것은 아닌가. 막연하게 불안해져 스트레스가 되었다. 어쩌다 마른기침이 나와도 즉시 체온을 쟀다. 십사 일 후 보건소에서 전화가 왔다. 열이 없고 기침이 없으며 음식 냄새도 잘 맞는다고 응답했다. 구호 상자로 배달된 마스크를 착용하고 외출이 가능해졌다. 밀집되고 밀폐된 실내에 들어가지 않았다. 자가격리를 경험하지 않은 자는 영신의 조심성을 보고 까탈스럽게 군다며 비웃었다. 화요일만 약국으로 마스크를 사러 가면서, 앞사람과 거리를 지키려 보폭을 조절했다.

"이유가 뭐니?"

어제 영신이 잠자러 가는 상욱에게 물었다. 불만이 왜 생겼냐는 의미로 짜증도 섞였다. 등교일이 가까워지면서, 상욱의 익숙하지 않은 행동에 영신의 가슴이 묵직해졌다. 거실에서 방앗공이 모양으로 동동거리는 아들의 속을 읽지 못해 갑갑했다. 이유를 알 수 없는 상욱의 별난 행동에 애간장이 졸아들었다.

체온이 경고 수치를 넘어서 등교를 저지당하는 것은 설마 아니겠지. 두 시간 간격으로 체온을 측정했다. 정상보다 조금 높은 섭씨 36.8과 37.1을 오르내렸다. 보건당국에서 공지한 격리 수준인 37.5에는 미치지 못했다.

"도대체 그러는 이유가 무엇이니?"

영신의 목소리에 짜증이 섞였다.

"엄마가 알면 달라지는 게 있어요?"

상욱이 건조한 목젖으로 쉿소리를 토했다. 온라인 수업과 외출 제한이 계속되고서, 말투가 투박하고 까칠했다. 영신은 몹시 서운해졌다가 일 분도 지나지 않아, 상욱이 그럴만한 사유가 충분하다며, 서운해진 감정을 스스로 풀었다. 너의 거친 투정을 엄마가 이해한다는 표정으로 위로해 주었다.

상욱이 자겠다며, 멘토를 안고 방으로 들어갔다. 영신이 무너져 내리는 심정을 끌어모아 숨을 크게 쉬었다. 전에 보지 못한 상욱의 태도가 서운해서 가슴이 무너진 게 아니다. 상욱에게 답을 주지 못해 물먹은 솜처럼 무거워진 자신이 한심스러웠다. 소리 질러 봤자 공허한 메아리만 되돌아오는, 캄캄한 어둠을 걷어내는 스위치를 찾아 불을 켜야 하는데, 그 스위치를 알지 못했다.

"멘토 침대에서 재우지 마."

닫힌 방문에 낮게 말했다. 혹시 생겨날 수도 있는 멘토의 죽음과 누워, 등교의 첫날 아침을 맞게 하고 싶지 않았다.

영신이 거실과 방의 조명을 껐다. 상욱은 조명을 끄지 않았을 것이다. 마지막 밤일지도 모르는 멘토에게 조명을 꺼서, 인정머리 없고 불길함을 조장할 상욱이 아님을 영신은 믿었다.

상욱의 첫 등교를 앞둔 오늘 밤. 영신의 불면과 멘토의 종말이 중첩되는 것이 아닐까. 상욱의 방에서 절박한 외침이 터져 나오면 어쩌지? 잠이 오지 않았다. 외려 또렷해지는 눈으로 뒤척였다.

'엄마가 알면 달라지는 게 있어요?' 상욱이 물었을 때 '아니.' 또는 '아니 없어.' 짧게라도 대답했어야 옳았을까. 묵묵부답으로 우유부단함을 위장하지 말고 솔직하게 모르겠다고 시인하던가. 또는 '어떻게 달라졌으면 좋겠니?' 도움을 요청했다던가. '내가 어떻게 달라지기를 바라는 건데? 너의 말투가 버릇없게 들렸다.'라고 감정을 숨기지 말아야 했던가.

영신이 달라져야 하는 것이 무엇인가를 찾기 전에, 상욱이 무엇 때문에 조급해져 방앗공이로 동동거렸을까. 마주 앉아서 대화했어야 했다. 평탄한 심정으로 회복한 후 잠자리에 들게 해야 옳았다.

"엄마는 하루에 나를 바라보는 시간이 얼마나 된다고 생각해?"

이틀 전, 식탁에서 일어나며 상욱이 대뜸 물었다. 그때도 영신은 즉답하지 않았다. 의미 있게 생각하지도 않았다. 자가격리 돌입 후, 상욱과 마주한 시간이 길어졌다. 맹숭맹숭함에 지쳐 불편해짐을 토로한 것일까.

"사십오 분?"

상욱이 다소 힘 빠진 목소리로 또 물었다. 영신은 중학생 수업이 사십오 분이니까. 속으로 상욱이 제안한 시간의 의미를 생각했다. 대답은 하지 않았다. 그렇게 대답했다면 상욱이 얼마나 싱거워했을까.

"집에 있으면 칠판을 바라보지 않아서 좋아질 줄 알았는데…"

상욱이 말을 끊고, 대답 없는 영신에게 싱겁다는 눈초리로 멀거니 건네보았다. 영신은 상욱의 속마음이 복잡하게 얽힘을 직감했다. 설마 엄마에 대한 짜증이 아닐 것이라며, 위안했다. 그렇지만 콕 찍어 가늠하기 어려운 감정의 소용돌이를 알아챘다.

"그랬니?"

영신이 일부러 음색에 물기를 얹어 반문했다. 의미가 명확하지 않은 막연한, 그저 너의 속마음을 이해는 한다는, 그저 너의 말을 귀담아듣는다는 추임새에 불과했다.

상욱이 목울대로 올라온 심정을 쏟아낼 듯 영신을 바라보았다.

영신이 마른기침을 삼켰다. 침묵이 잠깐 이어지면서, 영신은 물먹은 솜처럼 또 가슴이 답답해졌다.

"온라인 수업 때문에 내가 집에 있게 되면서…."

상욱이 말을 멈추고 바닥에 누운 멘토를 바라보다가,

"엄마가 외출이 잦아졌다는 거…."

상욱이 말하고자 함은 영신의 부쩍 잦아진 외출이었다. 그제야 영신은 며칠 전부터 상욱의 눈빛이 달라졌음을 떠올렸다. 도발할 정도의 눈빛이 아니라며, 상욱이 그럴 아들이 아니라며, 영신은 자신을 위안하려고만 주력했다. 상욱이 눈빛으로 암시하는 의도를 일부러 뭉갰다.

외출이 잦아진 것이 사실이다. 외출 시간이 길어진 것도 부인할 수 없다. 이유를 말해 봤자 변명일 뿐이다. 그래도 그럴듯한 이유를 찾아서 변명하던가, 그래? 앞으로는 어떻게 하겠다고 자근자근한 목소리로 처신했어야 옳았다.

어제 아침에도, 상욱이 첫 온라인 수업의 시작 시점에 영신이 밖으로 나갔다. 딴청 부리지 말라는, 비대면이라 해도 선생님이 다 알아차리신다는, 딴짓을 체크하며 평가하고 있을 거라는, 엄포와 부탁을 섞어 일러두는 것을 잊지 않았다.

온라인 수업에 방해가 되지 않겠다. 수업을 받아야 하니 지루하고 답답해도 어쩔 수 없는 게 아니냐. 영신이 외출의 정당성을 부여했다. 핑계에 불과했다. 학부모를 만나 차를 마시러, 아홉 시에 나갔다. 비슷한 핑계로 외출을 감행하는, 학부모의 커피 모임에 결석하고 싶지 않았다.

"엄만 평정심을 잃으면 눈썹이 올라가."

상욱이 노트북을 식탁으로 가져왔다. 자유 학기의 체험 활동으로, 자수 놓기 수업이 화면에서 시작되었다. 원격의 지시를 따르며 바늘에 색실을 꿰는, 느릿하고 어줍은 동작. 영신은 타당하고 적절한 수업으로 인정하기에 거부감이 일었다.

"정신이 집중되고 어수선함이 차분하게 가라앉는 효과가 있다고, 선생님이 주신 과제이니까 바늘을 잡긴 했는데…."

상욱도 자수를 놓아야 하는 상황이 썩 마뜩하지 않음을 내비쳤다.

적을 죽여야 레벨이 상승하는 게임에 몰입되어, 눈을 부릅뜨고 키보드를 소낙비처럼 두드려야 할, 사춘기 남학생이 자수틀을 붙들고 있다니. 색실을 바늘에 꿰는 상욱이 탐탁스럽게 보이지 않았다. 자수틀을 내려놓고 키보드가 부서지도록 게임을 해라, 마음으로만 외쳤다.

"컴퓨터로 디자인해서 출력하는 세밀함을 무시하는, 시간 낭비에 불과해."

영신이 참았어야 할, 속으로 뭉치는 불평을 털어놨다. 상욱의 손에서 홍실을 꿴 바늘이 잠깐잠깐 멸었다.

"엄마, 신경 쓰지 마. 옛날 규방에서 자수를 왜 놓아야 했는지 알고 있지 않아?"

상욱이 영신의 가슴에 뭉글뭉글 맴도는 불만을 읽었다. 영신은 불편함이 상욱에게 번질까 우려되었다.

"엉덩이 흔들며 밖으로 나다니지 말고, 오로지 정숙하게 앉아서 서방님만 기다리라는 고약한 악습을 강요하는 시대가 아니잖니?"

영신이 불편한 심기를 마저 털어놨다. 상욱이 어른이 다 된 표정의 어쭙잖고, 털털하게 웃었다.

"지금은 규방 규수로 있는 것이 가장 안전한 시기니까. 선생님 의도 충분히 알아서 열심히 하는 거야."

집에만 갇혀있어 생각만 어른스러워진 것인가. 영신은 행인 드문 창밖을 씁쓸하게 바라보았다.

불면이 생기면서 생각에 갇혀있다는 자괴감에 취했다. 배추벌레에 사각사각 갉아 먹히는 배춧잎을 전두엽에 덮어놓은 듯, 잠자리에 눕기만 하면 뒤척였다. 불면에 시달리다 새벽 여명을 초췌하게 바라보면서, 과거의 맥락들이 연쇄적으로 살아났다. 떳떳하거나 당당함은 없고, 부끄럽고 황당했다. 기억이 소중하고 아름답다는 말이, 꼭 옳지는 않았다.

"상욱 엄마는 좋겠어. 학생이 하나라서."

상욱과 같은 중학생과 늦둥이 유치원 아이를 둔 엄마가 부럽다는 눈초리로 말을 건네왔다. 영신은 속으로, 아침만 먹여놓으면 학교와 유치원이 종일 돌보고 있잖아? 그래서 우리가 날마다 수다를 떨 수 있고. 응수하려다 그만두었다.

"나는 셋이나 돼. … 아니, 넷이나 된다?"

아이 셋을 둔 엄마가 목청을 키웠다. 모두 눈이 휘둥그레지고 입이 쩍 벌어졌다.

"숨겨났다가 데려온 자식이 있어?"

두 아이를 둔 엄마가 눈동자를 반들거려 빈정거렸다.

"데려온 자식은 없어. 우리 집에 철딱서니 큰아들이 또 있잖아?"

아이 셋을 둔 엄마의 능글능글함에, 좀 늦은 깨달음으로 모두가 자지러지게 웃었다.

"집마다 말썽꾼 큰아들이 있긴 하지."

웃느라 찔끔 묻어난 눈물을 손가락으로 닦으며, 영신에게 흘끔거렸다. 자신은 학생이 두 명이나 있고 게다가 큰아들이 있는데, 남편이 없는 영신은 좋겠단 말을 입안에서 우물거렸다. 편해서 좋겠다는 의미의 시선이 아닌, 안쓰러운 시선으로. 말썽꾼이라도 남편이 있으니 우쭐해져 비아냥 섞은, 일부러 노골적인 표정임을 영신은 알고도 남았다. 부럽다는 생각이 전혀 없고, 비꼬는 정도가 소소해서 모르는 척 그냥 웃었다.

커피 모임 엄마들과 수다 중에 말이 끊어지고, 서로 얼굴만 바라보면 괜히 숨이 버거워지니 침묵을 깨느라, 또 등장하는 어제의 그 수다. 잡스러운 수다를 꼭 해야 하는지 헤어질 때면 번민이 되었다. 정말이지 가치라곤 좁쌀 알갱이만큼도 못한, 수다에 등장하는 말썽꾼. 영신이 말썽꾼과 이혼한 것은 이사 오기 직전이었다.

커피 모임의 수다에서 말썽꾼이 등장할 수 있었음은(영신은 말썽꾼을 수다로 등장시키지 않았다.) 품질이 그다지 비난받을 수준이 아니기 때문이다. 오히려 자랑질하려고 큰아들이라는, 말썽꾼이라는, 가칭으로 수다에 얹었다는 것을 영신은 넉넉히 알았다. 그렇다고 그 수다에 훼방을 놓거나 언짢은 표정을 짓지 않았다. 언젠가 큰아들에게 뒤통수 아뜩하게 얻어맞는 날이 와도 저럴까? 속으로 즐거워한 순간은 있었다.

커피 향이 뭉글뭉글 맴도는 공간에서의 맹숭맹숭한 순간을 공그르며, 낯설고 구수함을 맛보는 잡담이 좋았다. 헤어지면 씁쓸하거나 공허하다는 뒷맛이 남긴 했지만.

사채, 노름, 그것도 모자라 꼴사납게 불륜을 저지른 말썽꾼과 단호하게 결별하고 이곳으로 이사 왔다. 영신과 이혼한 말썽꾼은 멘토의 존재를 알지 못했다. 영신과 상욱이 반려견과 살고 있음을 아마도 생각조차 못 했을 것이다. 불륜녀가 사는 아파트로 영신이 급습했다. 말썽꾼과 불륜녀가 놀라 뒷걸음치는 중에, 고양이가 영신에게 꼬리를 흔들었다. 은근하게 도사린 배설물 냄새가 역겨웠다. 영신은 솟는 헛구역질을 참았다.

"불륜녀와 어떻게 살든 관여하지 않아. 오늘부터 너라는 인간과는 결별이다."

꼬리를 흔드는 고양이를 발로 떠밀고, 악다구니를 썼던 기억이 생생했다. 불륜녀의 집에 갔다 온 후로, 찝찝한 것을 만졌을 때처럼 손가락을 코에 대는 습관이 생겼다. 남편과 결별한 영신의 생존 본능이었다.

금요일과 월요일이 휴업으로 지정되면서, 나흘의 연휴가 되었다. 코로나 확산을 우려한 정부가 이동 제한을 경고했다. 말썽꾼이 칩거하면서 엄마들의 커피 모임에 제동이 걸렸다.

중학생 자녀의 고민과 상담, 조언을 위한 카페를 찾아 가입 신청을 했다. 중학생 부모를 위한 정보를 검색하고 게시글 작성을 위해서는 정회원이 되어야만 했다. 정회원으로 되기 위한 조건을 갖추기 위해 가입 인사를 점잖고 공손하게 썼다. 댓글을 열 개 달았다. 출석 체크 칠일 이상. 게시글 세 개를 완료해야 정회원이 되는 조건에, 가입을 포기하고픈 짜증이 돋았다. 울타리를 쳐놓고 통제하겠다는 카페지기의 갑질에 화가 확 치솟았다. 짜증과 불만을 삭이며, 칠일의 출석 체크를 완료해서 정회원이 되기로 했다. 중학생을 둔 학부모의 고민과 상담을 엿보기 위해서였다.

댓글 열 개를 달기 위해 게시판을 열어보다가, 준회원도 열람할 수 있는 정보를 발견했다. 영신이 우선하여 알고 싶은 정보를 찾아 마우스를 클릭했다. 자녀의 비행과 학부모의 고민을 유형별로 게시하도록 나름의 규칙이 있었다. 규칙을 어지럽히는 방문자는 주의, 경고, 강제퇴거의 단계로 징벌했다. 가면의 얼굴들이 비밀을 털어놓고, 그 비밀을 염탐하는 회원의 숫자가 삼천이 넘었다.

비행 사례. 학교폭력과 대책위원회 처분 사례. 처분에 대처하는 방안. 처분이 부당하다는 항의와 울분. 심지어 학교와 교육청을 공격하려는 시도와 이에 대한 조언. 비밀이 요구되는 전문가와의 상담사례. 소소하고 자질구레한 불만이 공유되었다. 피폐해진 영혼을 위로받으려 얼굴도 모르는 서로를 단단하게 묶은, 가면을 쓴 커뮤니티에 영신은 놀랐다.

자녀의 일탈과 비행이 없으리란 믿음이 약한 회원도 이상하리만큼 적극 가담자가 되어 조회 수를 늘렸다. 비밀 결사대를 연상하는 소셜네트워크에 영신도 구성원이 되었다.

엄마가 알면 달라지는 게 있어요? 쇳소리를 묻어낸 상욱의 저항쯤은 고민거리로 여길 수 없을 만큼의, 중학생에게 일어날 수 있으리라고 짐작도 하지 못한 사연들에 영신은 놀랐다. 상욱에게 감사하고픈 마음이 저절로 우러났다.

음주와 흡연, 호기심에 의한 단순한 절도는 사춘기에서 어쩌다 실수할 수 있다는 게시글이 즐비했다. 집단 폭행, 성폭행, 심지어 부모 폭행 사연은 조회 수가 많았다. 댓글도 페이지를 넘기며 꼬리를 물고 이어졌다. 싹수가 노란 자녀를 둔 글쓴이를 위로한답시고, 두어 줄의 댓글쯤은 가치 없어 보였다.

영신은 자녀의 고민에 마땅하게 대응하지 못하거나, 간단한 물음에도 대답을 정립하지 못하는 사연과 조언이 필요했다. 출구를 찾듯, 미로에서 방황하듯 마우스를 쉼 없이 클릭했다.

어느 순간부터 상욱의 말이 줄었다. 끼니를 차려놓으면 사육하는 곰처럼 식탁으로 어정어정 걸어왔다. 먹는 양도 줄었다. 모자 사이에 대화가 줄었다. 상욱의 목과 턱 사이로 살집이 두툼하게 붙었다. 봄볕을 쬐지 않아 피부가 하얘졌다. 말수가 적어지고 행동이 굼떠져서 먹은 것이 살로 쪘을까. 살이 쪄서 말하기 귀찮아지고 굼떠진 것일까.

영신은 샤워 부스에서 늘어진 뱃살을 손아귀로 아프게 움켜쥐었다. 고장 난 체중계를 버리고 새로 샀어야 했다. 이스트를 넣어 오븐에서 부풀고 있는 식빵. 가시광선이 부족해 엽록소가 줄어드는 음지 생물. 벌거벗은 몸매로 연상되는 단어를 중얼거렸다. 체중계가 고장 나서 다행이다. 지금은 모든 국민이 형벌을 받는 시기다. 코로나가 올해 종식될 거야. 그러면 체중 조절을 시작하는 거야.

당뇨가 심해진 멘토가 흐릿하던 시력을 마저 상실했다. 냄새의 기억을 되살려 먹고 배설하는 동작으로, 단순화되었다. 멘토에 비하면 영신이나 상욱의 고통은 보잘것없었다.

정오를 향하는 햇살이 맑고 투명했다. 손가락 갈고리를 당기면 가야금 현이 울릴 듯, 빛살이 선명했다. 멘토가 실명하기 전에 산책하던 코스모스길로 나갔다. 성질 급한 꽃망울이 하양과 분홍의 순색으로, 순색보다 더 예쁜 교잡종의 색으로 꽃잎을 틔웠다. 멘토가 꽃의 숲으로 들어가려 목줄이 팽팽했던 작년 가을의 코스모스가 고만한 높이로 자랐다.

목줄에 묶였을 때, 마주 오는 행인에게 멘토가 선택적으로 송곳니를 드러내고 으르렁거렸다. 영신이 미안해진 표정으로 굽신거렸던 기억이 살아났다. 화가 나기도 했지만, 못된 버릇은 고쳐야 한다며, 코스모스 줄기를 꺾어 멘토의 등줄기를 때렸던 기억. 바람에 살랑이는 분홍 꽃으로 선명하게 떠올랐다.

막대기를 든 사람, 지팡이를 짚고 오는 노인을 골라 멘토가 사납게 반응한다는 것을 알았다. 막대기나 막대기를 든 사람에게 해코지를 당한 경험의 각인 때문일 것이라고, 누군가 조언했다.

가슴에 안은 멘토의 털이 윤기 없고 촉감도 거칠다. 그날 코스모스로 때린 곳에 흉터가 생긴 것처럼, 갈비뼈가 앙상하다. 연립으로 돌아오면서 산소를 공급하는 장치를 샀다.

소파에 앉아 멘토를 무릎에 놓고, 산소 튜브를 코에 대주었다. 숨 쉬는 목덜미의 달싹임이 달라지지 않았다. 조금이라도 편한 숨을 쉬라는 영신의 배려를 멘토가 받아들이지 못했다. 멘토의 생명이 곧 끝이 날 것이라는 확신만 얻는 행위가 되었다.

사료나 간식을 먹지 못하므로, 미음을 수저로 넣어주면 마른 혀를 적시듯 몇 모금 받아들이고 입을 닫았다.

"마셔. 먹는 게 힘들면 산소라도 많이 마셔."

멘토의 귀에 입을 대고 속삭였다.

학부모 고민 카페 가입의 경험이 있는 후라, 반려견 카페 가입은 쉬웠다. 멘토의 마지막을 정리할 정보의 검색이 필요했다.

"중학교는 칠판이 왜 그렇게 커?"

상욱의 무표정한 질문에, 영신의 목으로 마른기침이 올라왔다. 침을 짜내 버석거리는 목젖을 적셨다. 이건 정답이 없고 틀림도 없는 질문이다.

"초등학교보다 배울 분량이 많아서겠지?"

단순하고도 보편적인 답으로 여유를 가장해 대답했다. 상욱이 더 묻지 않았다. 영신의 답을 진중하게 받아들이는 눈치가 아니었다. 대답이 싱겁거나 성의가 없어서, 영신의 여유가 우스워서 반응이 시큰둥한 것은 아닐까. 진중한 생각 없이 메마르게 답한 것이 후회됐다. 원하는 대답을 듣지 못할 것이라는 전제로, 상욱이 질문했을 가능성도 염두에 두었다.

상욱의 학원 선배가 특목고를 졸업하고 카이스트 학생이 되었다. 학원에서 수강생을 끌어모을 요량으로, 카이스트 학생을 불러와 특별한 수업을 진행했다. 특목고와 카이스트에 합격하는 공부의 비법을 공개하면서, 자기가 주도하는 학습을 강조했다. 공부는 자신이 하는 것이다. 선생님이 해주는 게 아니다. 날마다 수업 시간마다 교과마다 칠판에 판서하는 내용을 암기하려면 졸업도 전에 머리가 용량 초과로 터져버린다. 고객은 시장에 진열된 상품 중에서, 필요한 것만 골라 시장바구니에 넣는다. 학생도 고객이다.

카이스트 학생이 온라인 수업을 예견한 듯, 수업에서 칠판은 사라진다고 예언도 했다. 자기주도 학습이 성공의 비결이다. 특별수업을 결론지었다.

학생들이 집으로 걸어오면서,

"학생인 우리가 고객이라니 기분은 좋다."

"그럼 선생님은 상인이고?"

"학교는 시장이네?"

낄낄 웃었다가 심각한 표정으로 돌변했다.

"수행평가 없는 시장에 가고 싶다."

"맞아 수행평가 때문에 선생님이 갑이고 학생인 우리가 을이잖아. 고놈의 점수."

특목고와 카이스트에서의 수업이 상욱에게는 부럽고 놀랍고 경이로웠다. 칠판에서 필기하는 수업방식은 수능 점수를 위한, 이제는 도태되어야 할 수업(상욱은 버려야 할 찌꺼기 같은 수업이라고 말했다.)이며, 컴퓨터가 없던 교실의 잔재라고 종결지었다.

칠판에 대한 상욱의 질문을 영신은 생각에서 놓지 못했다. 진지한 상욱의 질문에 이렇다 할 소견을 내놓지 못한 부끄러움을 잊지 않았다. 엄마로서, 학교를 먼저 다녔던 어른으로서, 우유부단과 무기력했던 장면이 시시로 떠올랐다. 그런 기억의 떠올림에도 상욱에게 무기력하고 우유부단한 처신이 계속되었다. 상욱이 파놓은 생각의 개미지옥에서 허덕였다.

수의사가 한 명, 접수대와 진료실의 간호사가 두 명인 병원은 동물환자와 보호자로 붐볐다. 사람이 의사와 마주 앉아 상담할 수 있는 시간이 불과 몇 분인 것처럼 멘토도 수의사의 진료 시간이 길지 않았다. 멘토가 아직껏 숨을 쉬고 있는 것이 기적이라며, 이 아이가 편하게 갈 수 있도록 곁에 있어주는 것만이 할 수 있는 모든 행위라고 처방했다. 더 이상의 진료가 필요 없다는 의미임을 영신은 알아차렸다. 멘토를 가슴에 안고 진료실에서 나왔다.

접수대 간호사가 누군가와 통화로 농담을 주고받으면서 낄낄 웃었다. 죽음을 목전에 둔 멘토를 껴안고 영신은 간호사를 비난할 생각은 하지 않았다. 코로나로 일부 병원이 진료를 중단하면서, 산책이 어려워진 반려동물이 늘어나면서, 고된 업무에 시달리게 되니 나름의 방법으로 피로와 긴장을 해소하고 있을 뿐. 멘토에게 무성의하거나 무심한 태도를 보이는 것이 아니므로, 곧 숨이 끊어질 멘토만 가여웠다.

통증 없이 편안하게 수명을 마치는 처방. 안락사를 택하겠냐는 물음에 처음으로 화를 냈다. 멘토는 고개를 드는 것도 힘겨워 짖지도 못하고, 당뇨합병증 황반변성으로 시력을 잃었다. 심장 근육의 손상으로 호흡곤란과 가슴의 통증을 눈빛도 소리도 없이 견뎌내는 중이었다. 그동안 고마웠다고, 진료실에서 나온 의사에게 고개 숙였다. 의사가 멘토의 머리에 손을 얹었다. 턱밑에 온 죽음을 애도하는 목회자처럼 의사의 손이 닿았다. 멘토가 반응하지 않았다. 의사가 조금 전 진료실에서의 진단이 오진이 아님을 확신하는 순간에도 멘토는 끊어질 듯한 숨을 힘겹게 들이마셨다.

숨이 힘겹게 드나드는, 목구멍만 살아있는 생명을 영신이 가슴에 안았다. 서럽지도 화가 치밀지도 않았다. 멘토가 이 지경에 다다르도록 무엇을 했는지, 단지 먹먹한 가슴에서 눈물이 솟아올랐다.

젊은 부부가 아기를 낳을 것이라며 반려를 거부한, 꺼져가는 생명을 안고 돌아오면서 영신은 인간이 가혹하다 또는 비정하고 매몰차다고 생각하지 않았다. 멘토는 주목받지 못하는 안쓰럽고 불쌍한 대상일 뿐이라고, 애써 생각을 한정했다.

거실에 융으로 짠 천을 깔고 멘토를 눕혔다. 익숙해진 거실의 냄새에 기운을 얻었는지, 코를 두 차례 벌룽거렸다. 영신은 멘토가 시력을 잃지 않았다면 안도의 눈빛으로 마지막을 바라보았을 것이라고 상상했다. 멘토 곁에 앉아 벽시계를 바라보았다. 멘토의 숨이 끊어지는 순간으로 초침이 타박타박 걸어갔다. 멘토가 버텨내는 삶의 장벽을 쉼 없이 쪼아 내렸다.

멘토는 아마 영신보다 편안할 것이다. 생명과 희망과 기대라는 단어들이 이미 체념의 단계에 도달했다. 그런 멘토를 안고 영신은 누구를 원망하거나 증오할 수 없었다. 당뇨가 중증으로 진행되는 것을 간파하지 못하고, 적절하게 치료해 주지 못한 자신의 실책일 뿐. 증오는 자신에게만 가능한 상황이었다.

특별하게 무엇을 준비할까. 첫 등교에서 격리되었던 공간으로 복귀하는 순간을 위하여, 가장 좋아하는 조건과 맛을 꾸며놓으면 반응이 어떨까. 영신은 중학교로 공부하러 간 상욱을 기다렸다.

백화점에서 게임팩을 사다 놓는 것. 반팔 후드티를 사다 놓는 것. 축구화를 사다 놓는 것. 콜라가 덤으로 따라오는 피자와 치킨을 배달해 놓는 것. 이들 중에 어느 것을 선택할까 생각했다. 모두 돈으로 해결되는 것들이었다. 엄마가 알면 달라지는 게 있어요? 어젯밤에 쉰소리를 묻어내며 상욱이 말했듯이, 엄마로서 달라지는 게 없는 준비였다. 영신은 한심한 발상이라는 판단에 화가 치밀었다. 돈에 의한 준비로 하교하는 상욱을 맞이했을 때, 어젯밤과 같은 상황이 또 생기지 않는다는 확신이 서지 않았다. 가슴이 울컥하니 서글퍼졌다. 이래서 커피 모임의 엄마들이 말썽꾼으로 지칭하는 큰아들이 있어야 하는 거구나. 영신은 고개를 세차게 흔들어 방금 했던 생각을 지웠다. 이보다 더 힘겨운 상황이 닥쳐도 사채, 노름, 그것도 모자라 꼴사납게 불륜을 저지른 말썽꾼을 영신은 단호하게 거부할 준비가 되어있다.

오후 두 시. 상욱이 온라인 수업으로 집에 있었다면, 멘토와 병원에 다녀오지 않았다면, 엄마들과 커피를 마시며 잡담의 구수한 맛을 즐기고 있을 타임이었다. 수업에 집중하도록 피해준다는 핑계로 말썽꾼 큰아들을 들먹이며, 가치라고는 좁쌀 알갱이보다 못한 입담을 퍼내고 있을 터였다.

상욱이 학교에서 집으로 왔다. 수업 중심으로 단축되었다며, 영신의 예정보다 일찍 귀가했다. 상욱이 가방을 메고 멘토에게 걸어왔다.

아직 살아있어.

영신이 상욱에게 눈빛으로 건넸다. 멘토가 들었을 리 없지만. 아니, 같이 살아온 감각으로 영신의 말을 알아듣는지 가늠할 수 없지만. 아직 살아있다는 말을 멘토가 듣게 하고 싶지 않았다. 멘토가 눈 뜨지 못하고 상욱을 알아차렸다. 숨을 두 번 느릿하게 쉬었다. 숨구멍을 겨우 연 목덜미가 힘겹게 오르내렸다.

상욱이 멘토의 목과 뒷다리 안쪽으로 팔을 넣어 가슴에 안았다. 그러자 전혀 움직이지 못하던 고개를 상욱에게 들어 올렸다. 십 초 정도 힘겹게 버티던 머리가 내려앉았다. 상욱이 울컥 눈물을 쏟았다. 학교에 갔다 왔어? 영신이 해야 할 말을, 멘토가 몸짓으로 했다고 생각했다. 상욱도 영신과 같은 생각이었는지, 멘토를 품에 안았다. 멘토를 양탄자에 내려놓고 눈물을 주먹으로 닦았다.

상욱이 방에서 가방을 벗어놓고 오는 이십 초. 멘토의 숨이 멈췄다. 보일러 스위치가 내려지듯 멘토의 생명이 꺼졌다. 힘겹게 지탱하던 무엇이 툭 끊어지는, 가슴이 뻐근한 공간의 맛이 코로 울컥 치밀었다.

6.

불쾌한 방문

위축되었던 겨울을 참회하기 위해 봄이 돌아왔다. 놀이터에 영산홍 꽃망울이 맺히면서 그네와 회전판을 번갈아 타는 아이가 많아졌다. 그네를 밀어주는 젊은 엄마, 회전판에서 뒤뚱뒤뚱 균형 잡는 손자에게 참견을 멈추지 못하는 할머니. 혹독했던 겨울을 밀어낸 봄이 한낮에는 놀이터로 요약되었다.

해원의 지난겨울은 거실의 붙박이로 고정되었다. 방음과 단열의 커튼이 해원의 의도를 눈치 빠르게 알아챘다. 디지털시계의 명멸하는 숫자를 셈하며 해원은 무료와 나른함에 익숙해졌다. 바깥의 밝기와 소음에 유연하며 괴괴한 시간을 견뎌냈다. 디지털시계의 역할은, 일단 생성된 숫자는 되돌릴 수 없다는 것을 꾸준히 암시하는 거였다.

하필 늦가을 을씨년스러운 날에 격리되었고, 기간제 계약이 해지될 위기에 처했다. 뺨을 때리듯 후려치려는 충동이 시작되었는데 하늘이 찌뿌드드해서 스산한 초겨울이었다. 시급 아르바이트 중인 편의점의 방문객이 없는 깊은 밤. 출구 밖의 전봇대와 버텨서서 손바닥이 얼얼하도록 야무지게도 때렸다. 허황하고 엉뚱하며 멍청한 짓거리였다. 신고받은 경찰이 출동했다. 문신을 새겼거나 양아치도 아니고. 약쟁이 주정뱅이도 아니고. 사춘기 맹랑한 년도 아니고. 어처구니없게도 서른 살의 가녀린 해원을 본 경찰의 당황하는 모습이 역력했다. 왜 그러시냐는 경찰의 질문에, 그냥, 하고 싶었을 뿐이다. 실성한 년처럼 피식 웃었다. 정신은 멀쩡하니까 돌아가시라. 정색하고서 경찰을 돌려보냈다. 지켜보던 신고자가 슬금슬금 꽁무니를 뺐다. 가녀리고 새초롬하던 본래의 모습으로 매무새를 정돈한 후, 미친 짓거리였다며 스스로 비웃었다. 그런 후에도 뺨 때리기를 멈추지 않았다. 콘크리트 가로등과 은행나무 가로수와 건물 외벽을 타격의 대상으로 삼았다. 손가락과 손목이 시큰하도록 후려치기를 반복했다. 경찰이 또 출동해서 묻는다면, 사람을 때릴 수는 없잖느냐. 사연이 무엇이냐 묻는다면, 아직 명확하게 정리되지 않아서 밝힐 수 없다. 임의 동행을 거부할 항변이 준비되었다. 아마도 경찰은, 이유가 명확해도 엄연한 폭력이라고 경고할 터였다. 사실 명확히 정리하지 않았을 뿐이지, 그래야만 하는 물씬한 응어리가 가슴에 곰삭았다.

　연우의 부모가 학교에 오는 일은 흔했다. 학교에 방문하면 담임을 먼저 찾기 마련이다. 연우 부모는 교무실로 들어와서 교감을 대동하고 교장실로 들어갔다. 실무사가 차를 내오는 중에 교장이 인터폰으로 담임을 불러들였다. 수학 전담인 해원은 교장실이 아니라 상담실로 들어가는 연우 엄마의 뒷덜미를 아무런 뜻 없이 바라보았다.

　수학 점수가 낮아졌으니 연우 엄마의 속이 부글부글 끓었을 거야. 담임이 나지막하게 연우 엄마의 방문을 추정했다. 성적보다는 인성이 발라야 빛이 나는 거야. 과학 전담이 연우 엄마의 잦은 방문을 투덜거렸다.

　전문 상담을 만난 연우 엄마가 교무실 여기저기로 아는 체를 했다. 해원에게 짧게 머무른 표정과 눈빛에 거만과 깔봄이 도사렸다. 지역에서 소작인을 거느렸던 시부가 학교 터를 기부했다. 학교는 연우네에 각별하지 않을 수 없었다. 땅을 내줌으로써 진입로가 개설되고 초등학교를 품은 아파트가 들어섰다. 연우네 땅값이 폭등했다. 돈은 이렇게 버는 거라며 냉소적인 반응은 공통이었고, 부러움과 비아냥은 갈렸다.

연우가 특별해야 하는 과목이 수학이었다. 영어는 방학마다 미국에서 살다 오기 때문에 걱정하지 않았다. 방문마다 쿠폰을 꼬박꼬박 헤아려서 열 장을 채우면 수행이든 가산점을 줘야 하는 거 아니야? 누군가 빈정댄 것처럼 수학 전담인 해원을 찾는 일이 잦아도 너무 잦았다. 학기 초 교사 소개에서 연우 엄마의 싸늘했던 시선을 해원은 잊지 않았다. 수학이 얼마나 중요한 과목인데 정교사가 아닌 기간제 교사를 배정할 수 있느냐, 볼멘소리가 귓속에서 왕왕거렸다. 이후로 해원을 대하는 태도가 차가웠다.

"상담실에서 뵙죠."

연우 엄마가 이곳저곳으로 실실 흘리던 웃음을 싹 거두었다.

연우의 수학 점수가 만점이 아니라고 화가 난 것일까? 과학 전담이 소곤거렸고, 수학 때문일 거라며 담임도 고개를 주억거려 동의했다.

이번 방문 목적도 연우의 수학이었다. 연우 엄마가 상담실에서 전문 상담을 내보냈다. 전문 상담의 의자에 앉은 연우 엄마가 해원을 맞은 편 학생 자리에 앉도록 손짓했다. 상담자와 내담자가 바뀌었다는 불쾌감은 잠깐이었다. 연우 엄마의 입에서 어떤 말이 나올까, 조바심 났다. 상담실로 호출된 학생처럼 해원이 얌전하게 앉았다. 교감이 들어왔다.

"그러잖아도 연우 어머님께 드리고 싶은 말이 있어요."

해원이 최대한 밝게 웃었다.

"그래요? 그럼. 먼저 말씀해 보시던가."

연우 엄마가 무릎에 얹은 브랜드 가방의 손잡이를 두 손으로 움켜쥐었다. 이쯤이면 상담하러 온 게 아니라 항의하러 왔다는 게 예감됐다. 연우의 수학을 얘기하려던 해원의 말이 뒤죽박죽 엉켰다.

"말해 보시라니까?"

연우 엄마가 재촉했다. 해원은 엉키는 말들을 조합하지 못해 머뭇거렸다.

"연우가 수학 수업에서 잘 듣지 않으려는 걸 알고는 계실까 해서요."

연우가 수학에 등한시하는 게 어제오늘이 아니었다. 첫 수업부터 집중은 고사하고 시선을 외면했다. 초등 5학년의 수학 포기가 이해되지 않았다. 어제 점심 급식 후 교무실로 불러 기초문제집을 내밀었다. 고맙다는 인사는 바라지도 않았다. 넝큼 받지 않고 해원을 빤히 쳐다봤다. 담임이 이를 닦고 오다가 해원과 연우 사이의 묘한 기류를 목격했다.

연우야, 점심 먹었으면 교실로 갈래? 담임이 연우의 어깨를 감싸 안고 내보냈다. 해원은 불쾌했다. 담임이 해원의 손에 들린 기초 수학 문제집을 건네보며, 연우 수학 포기자 아녀요. 연우를 두둔했다. 해원은 담임을 이해하기 어려웠다. 연우는 수업 중 시선을 외면한 채 엉덩이에 종기가 돋은 듯 들썩거렸다. 책상에 이마를 얹고 잠을 자기도 했다. 그런 연우를 목격하지 못했으니, 담임은 수학 포기자가 아니라고 말할 수는 있었다.

연우의 수학 포기는 섣부른 판단이라며 과학 전담도 담임을 거들었다. 해원이 모르는 연우의 수학을 둘은 안다는 의미로 들렸다. 수학의 학습 동기가 제로에 가깝다고 말해야 할까요? 해원이 물러서지 않았다. 뭐라고 해야 할까…, 수학 고급자라고 해야 하겠네? 담임이 난감하다는 표정으로 말을 이었다. 수학 고급자? 그 상황에서 난감한 몫은 해원이었다. 기간제 교사라서 해원은 늘 조심스러웠고 불안했다. 학교 측이 계약 기간을 조정할 수 있다는 조항이 계약서에 명시됐다.

뒤로 가는 꿈을 꾸곤 했다. 왔던 길로 돌아가야 할 숙명이 있긴 했던 것일까. 누군가의 뒷덜미를 잡는 만행을 저질렀던 것일까. 남겨두고 왔어야 할 무엇인가를 아직도 쥐고 있는 것일까. 추정되지 않는 무엇인가에 꿈의 뒷덜미가 잡혔다.

연우를 공개적으로 경멸했다는 아동 학대 혐의로 연우 부모가 경찰에 고소했다. 해원은 즉시 격리처분 되었다. 공개적이었다는 근거는 교사들이 지켜보는 교무실이었다는 것이며, 연우에게 수학 기초문제집을 강요해서 깔봤다는 게 경멸의 근거였다. 당시를 목격한 담임과 과학 전담이 경찰에서 장면을 증언했다. 해원은 학생으로부터 격리되었고 끝이 예감되지 않는 은둔이 시작되었다.

해쓱해진 얼굴로 트렌치코트를 걸치고 미용실에 갔다. 체중에 변화가 있다는 감각이 발디딤에서 뒤뚱거렸다. 지난겨울의 누덕누덕한 더께를 털어낸다며 머리칼을 짧게 커트했다. 곰삭던 겨울의 묵도처럼 바닥으로 뚝뚝 떨어지는 머리칼, 웅크리기만 해서 불어난 뱃살을 상쇄하기엔 턱도 없이 부족했다.

목련이 필 무렵이면 실천하려고 작정했던 것들이, 정작 머리칼을 잘랐더니 아무것도 하고 싶지 않았다. 겨울이 지나는 동안 가장 힘들고 어려웠음은 아무것도 하지 않는 일상인데. 목련꽃 무렵에 작정했던 것들이 목덜미를 스치는 싸늘한 바람으로 사라졌다. 하고 싶지 않으면 아무것도 하지 말자. 꽃의 화려함이 노을빛으로 스러지듯 빛바랜 질감의 회상이나 묵도는 유추하지 말자, 은둔의 겨울처럼.

동영상의 타임라인을 되돌리듯 뒤로의 꿈, 항변하지 못한 무기력이 늙은 곰처럼 웅크려서 꿈으로 저항하는 것일까? 읽었던 수필을 거꾸로 더듬어 읽어가듯 돌아보는 꿈이 다행히도 기분 나쁘거나 지루하지 않았다. 과거 어느 시점을 콕 집어서 돌아가는 꿈도 가끔은 꾸었다. 회한과 자책이 아닌 기억만 골라내는 이기적인 꿈이 어쩌다 가능해졌다. 아이러니하게도 돌아가는 꿈의 끄트머리에서 단잠도 잤다.

　노을빛 질감이 실내로 드리워야 기지개를 켜는 척추 굽은 길냥이. 시간이 녹는 아이스크림처럼 아쉬워야 할 서른 살이 지하통로 분기점에서 방향을 잃은 듯 막막하고 텁텁하다. 정돈되지 못하고 뒤엉키는 생각들, 엄습해 오는 막막하며 불온한 예감, 가슴에 맷돌이 얹힌 듯 저릿저릿하다.

　척추 굽은 늙은 길냥이로 웅크리기만 했던 은둔이 시간의 영위자였던가, 들러리였던가, 누군가에게 덤으로 얹힌 주변인이었던가? 깊숙하게 드리우는 햇살의 현(絃)에 생각이 뜯기면서, 그 어느 것도 아니다. 건조하게 읊조렸다. 능동과 피동의 갈피에서 언어가 실종되는 겨울날들, 무엇이든 가슴으로 고이는 것들은 표정과 눈빛으로 빚어냈다. 은둔의 습성이 본성으로 고착되는 건 아닌가 두려웠다.

　운동화와 구두의 선택을 놓고 망설였다. 선택 장애도 은둔과 회피에 몫을 했다. 고립과 자괴의 늪에서는 누군가 일러주는 선택인들 의심 들지 않을 자신이 없었다. 구두가 아가씨답다는 꿈결 같은 조언이 들렸고, 운동화를 선택해서 편의점의 시급 아르바이트를 시작했다. 키 높이 구두를 처음 신었을 때 삼 센티미터의 공기

변화가 상쾌하듯, 봄볕의 풍성한 질감은 신비로웠다. 막상 나왔더니 은둔을 자처하던 순간들은 낡고 빛바랜 허상들이었다.

대낮에 편의점이 한산했다. 변두리 주택 골목이라서 그럴 만했다. 어두워져야 손님이 띄엄띄엄 들어왔다. 순익이 나기는 할까 의심스러웠으나 격리 중인 해원에게 매우 적절했다.

첫눈에도 중학생이 참이슬 두 병을 들고 와서 계산대에 놓고 능글거렸다.

"현금이나 카드 같은 거 없어. 내 손에 들렸으면 내 것이니까. 조건 없이 주면 돼."

맹랑한 생떼에 해원은 기가 찼다.

"내가 원하는 거 내놔야 하는 이유쯤은 알 테고."

짝다리로 깔짝거림에 해원은 폭력의 충동을 급격하게 느꼈다. 스캐너로 정수리를 내리칠까. 제법 커서 내리치기가 쉽지 않았다. 따귀를 갈기듯 왼쪽 광대뼈를 후려칠까. 그것도 만만하지 않았다. 능글거리는 눈에다 스캐너를 느닷없이 쑤셔 넣을까. 해원의 위험한 상상 중에도 냉장고에서 참이슬을 한 병 더 들고 왔다.

"주민등록증 없으면 팔지 않아요."

해원의 목울대로 치받는 충동을 참느라 쇳소리가 묻어났다.

"그냥 주면 서로 좋잖아?"

학생이 히죽 웃었다. 해원이 어금니를 물었다.

"왜? 나 어떻게 해보고 싶어?"

사타구니에 손을 얹어 해롱거리더니 나이프를 해원의 코앞에 빙글빙글 돌렸다. 양아치 같은 녀석이 해원은 가소로워서 헛웃음 나왔다.

"칼을 휘둘렀니? 특수 강도인 거 아니?"

해원이 낮고 질긴 음색으로 경고했다. 녀석이 계산대에 손을 짚고 훌쩍 뛰어올라 담배를 뽑아 들었다. 피하지 않았다면 키스하듯 얼굴이 맞닿을 뻔했다. 녀석이 담배를 개봉해서 라이터로 불을 붙였다.

"금연 구역입니다. 손님."

해원이 부드럽고 친절하게 경고했다. 그러자 녀석이 민망한 시선으로 쳐다봤다. 너 같은 애송이에게 물러서면 안 돼, 해원이 눈동자에 힘을 주어 맞대응했다.

"어떡할 텐데? 아줌마."

녀석이 버르장머리 없이 담배 연기를 해원의 얼굴로 뱉었다.

"녹화되고 있는 거 아니?"

해원의 경고에도 녀석이 CCTV로 히죽거렸다.

"녹화? 상관없어. 대한민국의 촉법소년. 칠월 말까지는 법적으로 열세 살."

녀석이 CCTV로 담배 연기를 뿜고는 바닥에다 발로 비벼 껐다.

뛰어올라 담배를 또 움켜쥘 듯 손바닥을 계산대로 짚었다. 해원이 스캐너를 움켜쥐고 노골적으로 응시했다. 그러자 능글능글하던 웃음을 멈추고 해원을 꼬나봤다. 해원도 누가 더 맹렬한가 경쟁하면서 버텼다. 해원은 눈싸움만큼은 지지 않을 자신이 넘쳤다. 토해내지 않은 말과 울분의 응어리가 가슴에서 똬리를 틀었다. 똬리 튼 것을 잘근잘근 토해내며 무한대로 깜빡거리지 않을 독기가 가슴에 서렸다.

"촉법소년이라서 기분이 좆 같아?"

자칭 촉법소년이 먼저 빳빳한 눈싸움을 포기했다. 이따위 애송이와 눈싸움했다니, 해원이 어이없어 웃음을 흘렸다.

"그래. 존나게 엿 같다. 싸가지야."

스캐너를 흉기로 쥔 해원의 팔꿈치가 부르르 떨었다. 한마디만 더 도발한다면 능글거리는 눈에다 스캐너를 찔러 박을 참이었다.

"씨발. 오늘은 존나 재수탱이네."

녀석이 한 걸음 물러나 담배를 주머니에 넣었다.

"담배 이리 내놔."

해원이 담배를 내놓으라고 손을 내밀었다.

"뜯었는데 어쩌려고?"

"내가 필 거야."

내가 핀 거로 할게, 그렇게 말했어야 했는데. 여리고 곱상한 아줌마도 골초냔 듯 녀석의 눈빛이 희번덕거렸다. 해원이 우습도록 만만해진 거였다.

"주인이 CCTV로 보고 있어. 너 그러다가 주인에게 붙잡혀."

"잊었어요? 대한민국의 촉법소년이란 거?"

"촉법소년은 법에서나 통하는 거지. 조폭은 법보다 주먹이 먼저란 걸 모르니?"

법보다 주먹이란 말에 움찔해진 녀석의 눈동자로 겁이 들어찼다.

"이만기보다 넓은 등짝에 호랑이가 으르렁거리는 조폭이 도착하면 넌 뼈도 못 추릴걸?"

호랑이 문신을 동원한 협박에 자칭 촉법소년이 능글거림을 뚝 끊었다.

"알았으면 까불지 말고 소주 제자리 갖다 놔."

해원이 질기고 낮은 음색으로 명령했다. 녀석이 뒷걸음으로 소주를 냉장고에 도로 넣었다.

"그냥 가면 안 되지?"

녀석이 나가기 전에 담배는 놓고 가라고 계산대를 손가락으로 톡톡 두드렸다.

"어차피 개봉했으니 가져갈게요."

"그거 가져가면 촉법소년이 담배를 사 간 거라서 복잡해져. 편의점이 곤란해질 텐데. 조폭이 그냥 보낼 거 같으니?"

해원이 조목조목 말하자 담배를 계산대로 휙 던졌다.

"아줌마. 재수 좋은 줄 알아."

문이 철렁 닫히면서, 해원은 참았던 숨을 뱉어내듯 비틀거렸다. 조폭은커녕 해원보다 왜소하고 피부가 희멀건 주인이 바로 들어왔다. 실랑이 중 밖에 숨어서 감상하던 CCTV 영상이 스마트폰에 켜졌다.

"아줌마. 보기보다 깡이 보통이 아니시네?"

촉법소년을 쫓아냈다며 헤벌쭉 웃었다. 해원은 호랑이 문신을 주인의 야들야들한 몸에다 상상하며 픽 실소를 쏟았다.

"신고해도 사이렌 요란하게 왔다 가면 끝이에요. 똥 밟았다는 심정으로 감수해야지요."

촉법소년에 이력이 난 주인은 흐뭇했다. 청소년 보호법에 따른 과태료와 영업정지라는, 똥 밟을 상황을 해원이 해결했다.

아르바이트 학생과 교대하고 돌아와 생각에 잠겼다. 촉법소년과 버티던 자신이 대견하고 의아했다. 생각하지 못한 돌발 용기였다. 잠자리에 누웠는데 말똥말똥한 게 불면의 조짐이 또렷했다. 협박을 제압하던 장면을 반복 재생하다가 늦잠 들었다.

이튿날 편의점에 출근해서, 오늘까지 근무하겠다고 CCTV에 통보했다. 예고 없이 그만두면 어떡하냐며 사장이 볼멘소리를 반복했다. 해원은 뜻을 굽히지 않았다. 촉법소년을 쫓아내긴 했지만,

또 대처할 자신이 없었다.

"연우를 수학 포기자라고 단정하셨다죠?"

연우 엄마의 표정이 굳어졌다. 해원은 상담실에서 만나자는 이유를 감지했다. 연우에게 기초문제집을 주려 했던 상황이 누군가의 입을 통해 연우 엄마의 귀에 들어갔다.

"연우가 무관심해서 수업에 무슨 피해를 주기라도 했나요?"

연우 엄마의 말투가 냉랭해졌다. 분위기가 돌발적이어서 해원은 마땅한 대답을 찾지 못했다. 연우가 떠들었다거나 이상 행동으로 수업의 흐름을 끊거나 다른 학생에게 방해되지 않았다. 다만 수업을 듣지 않으려는 태도가 거슬렸다. 사실, 수업에 무관심한 학생이 연우만은 아니었다. 이마를 톡 건들면 튀어나올 듯 말똥말똥해도 엉뚱한 생각이거나 맹숭하게 앉은 학생이 꼭 있었다. 바르게 앉았다고, 칠판을 쳐다본다고 모두 집중이 아니었다.

대답하지 않는 해원에게 연우 엄마가 더욱 싸늘해졌다.

"영양가 없는 수업이란 생각은 해보셨나요?"

연우 엄마가 해원의 속을 헤집었다. 자존심이 졸아들어 소름이 돋았다.

"수학이 영양가 없다는 말씀은 연우 엄마뿐입니다. 초등 5학년

인데 벌써 인문 계통으로 진로가 결정됐나요?"

해원이 말의 뼈를 뭉개며 참을성 있게 물었다.

"인문 계통? 뼈 빠지게 대학 나와도 먹고살기 힘든 것을 왜 선택해요?"

연우 엄마가 정색했다.

"그럼, 수학에 집중하지 않는 이유가 있을까요?"

"수학 포기 아녀요. 4학년에 고1 수학을 세 바퀴 돌렸어요. 5학년이 돼서 고2를 두 바퀴째 출발했다고요."

해원은 연우 엄마가 냉랭한 이유를, 연우가 수학 수업에 집중하지 않는 까닭을 깨달았다. 연우가 고등학교 수학의 과외 돌기 중이었다. 의대 합격하려면 영재학교에 입학해야 한다며, 초등학생이 고등학교 수학을 선행한다는 소문은 들었어도 연우가 그런 줄은 몰랐다. 고1 수학을 세 바퀴 돌렸다는 말은 고1 수학을 세 차례나 과외받았다는 의미였다. 한마디 말도 없던 교감이 연우 엄마의 방문 목적을 알아차렸다. 학교에 치명적인 문제가 아니라는, 해원이 감내해야 하는 개인의 사안이라서 안도하는 표정으로 퇴장했다.

"크레파스는 다양한 색이 채워져 있어야 해요. 몇 개의 색으로는 그리고 싶은 그림을 그릴 수 없어요."

해원이 살가운 웃음을 얹어 말했다. 아동의 발달 과정에서 수학만의 선행이 이롭지 않음을 우회적으로 말했다.

"크레파스? 요즘 고리타분하게 크레파스로 그림 그리는 사람이 있어요?"

연우 엄마가 비아냥을 섞어 투덜거렸다. 해원은 이어서 하려던 말이 콱 막혀 마른침을 꿀꺽 삼켰다.

"아직 미혼이죠? 나이가 많지 않아 보이는데… 대학에서 배운 거 까먹은 건 아니죠?"

연우 엄마의 같잖다는 시선이 해원의 얼굴을 더듬었다.

해원은 지식의 편식, 이기적인 편견, 발달 지체, 문화 실조, 사회성 미숙아가 우후죽순으로 떠올랐다. 톨스토이 소설 안나 카레니나의, "행복한 가정은 모두 엇비슷하고 불행한 가정은 이유가 제각각 다르다."라는 문장이 불현듯 떠올랐다. 연우 엄마의 자기중심 편견이 연우의 성인에 영향을 어떻게 미치게 될까. 생각하는 중에 연우 엄마가 불쌍해 보였다.

기본 교과 지식의 편애로 예견되는 연우의 사회성 미숙을, 중학교 과학에서 배웠던, 성장의 좌우는 넘치는 영양소가 아니라 가장 부족한 요소라는, 리비히의 양분 최소량의 법칙으로 일러줌이 타당하다고 빠르게 판단했다.

'오크통을 말씀드리고 싶네요. 이해를 돕기 위해서. 나무 조각을 옆으로 잇대어 물통을 만들 때 어느 한 조각이라도 낮으면 어찌 되겠어요? 오크통에 담기는 물의 양은 딱 그 높이 수준이에요. 연

우는 수학과 영어 조각이 아무리 높아도 꼭 있어야 할 다른 과목
이 낮아서 초등 시기의 발달 정도가 낮을 수밖에 없어요.'라고 말
했다면 어찌 되었을까. 상담실 문을 박차고 교장실로 침입해서 교
감을 동석시켜 해원에게 욕을 퍼부었을 터였다. 기간제 따위 때문
에 교육이 제대로 되겠냐며 교장도 애매한 비난을 받을 터였다.
연우 엄마와는 대화하지 않기로 두 주먹을 쥐었다. 해원의 어떤
말이든 트집을 잡아 연우를 학대했다는 구실 삼을 게 뻔했다.

기간제 계약서는 학교가 갑이며 해원이 을이었다. 학교의 범주
에 학생과 학부모가 포함될 수 있다는 것을 해원은 예감하지 못
했다.

연우 엄마가 고소한 아동 학대를 경찰에서 혐의없음으로 처분
했다. 격리가 즉시 해제되어야 마땅했다. 학교는 해원의 복귀를
주저했다. 기다림의 날들이 길어졌다. 희망의 끈이 탄력을 잃어가
면서, 해원은 자괴와 모멸감의 수렁으로 빠져들었다.

척추 굽은 길냥이로 웅크린 채 기다릴 수만은 없어. 시급을 받
으려면 일해야 할 것이고. 일을 위한 순간이 모멸감에서 벗어나는
길이다. 수렁에서 맴돌기만 하는 시간의 물꼬를 일로 트기로 마음
먹었다.

버스로 한 시간이 넘는 도시에서 시급 일자리를 찾기로 했다.
고용보험이라던가 취업 기록이 남는 일자리는 선택될 수 없었다.

첫 버스로 도착한 도시는 새벽에 가까워서 일자리를 구할 시간이 못 되었다. 공원 벤치로 태양이 충분히 떠오른 후 식당가 골목으로 들어갔다. 구인 광고가 붙은 순댓국 식당에서 머뭇거렸다. 해원이 선호하지 않는 음식이라서, 홀 서빙 급구라는 문구가 붙었음에도 망설였다. 가마솥의 순대 삶는 냄새가 식도 역류를 자극했다. 상냥하지도 웃지도 않을 얼굴의 해원을 사장이 벌레를 깨문 표정으로 바라보았다. 펄펄 끓는 뚝배기를 감당하기에 나약해 보였던지 채용을 주저하다가, 손님이 단체로 들어오자 당장 일하기를 원했다.

손님이 밀려드는 탁자로 펄펄 끓는 뚝배기를 날랐다. 비지땀을 쏟으며 점심 장사가 끝나고 브레이크타임이 되었다. 주재료 손질과 양념 배합은 사장의 공개하지 않는 비밀이었다. 설거지와 양념 재료를 다듬는 정도는 종업원이, 밀실의 고기 썰기와 육수 끓이기는 사장 몫이었다. 브레이크타임에 사장만 분주했고, 종업원은 한 시간 정도의 풋잠을 잤다.

사장은 뚝배기 예찬론자였다. 신석기 즐문토기에서 청동기의 무문토기로 이어져, 지금은 토종 국밥을 담아낸다며 해원을 가르치려 했다. 펄펄 끓으면 쉽게 식지 않는 특수성으로 비릿한 기름을 위장하는 술수임을 해원은 깨달았다.

점심 장사의 뒷정리를 하던 중 식당으로 들어오는 모자와 마주

쳤다. 언젠가는 보았음직한 초등 고학년이 먼저 멈칫했다. 엄마 손에 잡혀서 무슨 말인가를 했고, 모녀가 해원을 바라보다가 돌아나갔다. 해원은 예감이 싸했다.

저녁 장사 중에 스마트폰이 진동했다. 한가해져서 확인한 액정에 진동이 세 차례 반복되었다. 부재중 발신자가 교감이었다. 격리해제를 알리는 전화였을까. 교감에게 서둘러 발신 버튼을 눌렀다.

"연락도 없이 식당 개업했어요?"

교감이 대뜸 물어왔다. 해원은 점심 장사 후 싸했던 예감을 떠올렸다.

"계약위반인 거 알기는 해요?"

교감은 계약위반 통보를 위해 세 차례나 부재중 진동을 울렸다. 해원은 변명하지 않았다. 계약 해지의 구실을 찾던 중이었을 것이며, 임시로 아르바이트한다고 읍소해야 소용없음을 알기 때문이었다. 잠깐이든 일 년이든 보수를 받는 근로 행위는 계약위반이었다.

"순댓국이 진하고 맛은 있어요?"

교감의 생뚱맞은 물음에 대답하지 않은 해원은 순댓국 식당 개업을 자인한 셈이 되었다. 시급 아르바이트로 끓는 뚝배기를 서빙하면서 한 숟가락도 입에 넣지 않았다. 들깻가루로 위장한 돼지 내장 특유의 비릿함에 메슥거렸을 뿐이었다. 순대보다는 곱창이며 구수한 질감은 막창이라던, 부속 고기는 오소리감투와 허파가 제일이라던, 교감 나름의 순대에 대한 정의가 떠올랐다. 사장에게 전화했다. 내일부터 나갈 수 없게 되었다고.

　잠자는 방식으로 수면 촉진을 터득했다. 직선으로 눕는 수면은 화장터로 가는 망자의 형체였다. 발목과 무릎이 묶인 듯 맞대고 두 손은 골반에 놓았다. 천장의 어제 그 무늬를 확인한 후, 오늘의 수모와 자괴감을 깊은 수렁에 여며 넣듯 눈 감았다.

　오른쪽 어깨를 바닥에 놓고 몸통을 옆으로 세우는 자세는 하루의 이력을 조목조목 정돈하는 방식이었다. 왼쪽 어깨를 바닥에 놓는 자세는 하지 않았다. 심장이 짓눌려 가위눌림이 우려되었다.

　바닥에 겹쳐 깐 손등에 이마를 얹어 엎드리는 수면은 회피의 방식이었다. 이 자세의 선택은 거의 없었다. 불가항력의 불면 조짐이 온몸에 퍼졌을 때. 벼랑 끝에 선 듯 팍팍하고 피폐해졌을 때. 뒤척임을 억제하는 수단이었다. 불면의 늪에서 허덕일 예감, 생각의 바이러스에 감염될 조짐, 오늘이 껄끄러웠다는 후회가 도사릴 때. 일부러 선택하는 방식이었다. 이런 방식의 수면은 새벽녘까지 그야말로 자괴와 자책의 연속이었다. 있지도 않은 번뇌가 조작되며 생각 바이러스에 허덕였다. 중력의 변죽으로 의식의 자맥질을 반복하다가 육신이 캔처럼 찌그러졌을 때야 수면에 빠져들 수 있었다.

수면 방식의 목적은 한 가지였다. 깜깜한 동굴에서 걸어 나왔을 때, 전망이 확 트이는 상쾌함과 무사안일의 갈구였다. 몇 개의 수면 방식을 터득하고서도, 아이러니하게도 깊은 잠은 원하지 않았다. 깨어있듯 얕은 잠으로, 변고 없이 고즈넉하게 이 시기의 징검돌을 건너고 싶었다.

"초등이라고 어린애로만 여겼다간 곤란해."

전문 상담과 연우 담임, 해원이 상담실 둥근 탁자에 둘러앉았다.

"어린애가 아니라 소갈머리는 늙었어."

능구렁이 애라고 해야 하나? 능글맞은 애늙은이라고 해야 옳을까? 전문 상담이 덧붙였다.

"애들보다 엄마들이 더 힘들게 해요."

해원이 자조적 심정을 토로했다.

"부모가 까탈스러우니 애들이 버릇없는 거지."

담임이 해원의 손을 가져다 쥐었다.

"예의 없는 부모가 문제긴 해. 다 그런 건 아니지만."

담임과 전문 상담의 위로에도 해원은 연우 엄마가 떠올랐다.

"학생에게 말할 때는…. 가시가 있으면 발라내고 모서리가 있으면 뭉툭하게 다듬고…."

담임이 또 껴들었다. 전문 상담이 고개를 끄덕이긴 했으나 못마땅한 얼굴빛이었다. 담임이 시선을 창밖으로 돌려 딴청을 부렸다.

"혀 밑에 초콜릿을 넣어주듯 달콤하고 듣기 좋은 말만 하라는 의미는 아녀요."

전문 상담이 담임의 말을 바로잡았다. 전문 상담이 해원의 상처를 다독이려는데, 담임이 들어와 간섭했다. 연우 엄마에게 일러바친 미안한 게 있어서 해명하려는 의도임을 해원이 간파했다. 간결하고 진심으로 해명하고 자리를 피해야 옳은 처신이었다.

"맞아. 학교에서 누구든 기분 나쁠 말은 절대 금물!"

담임이 또 껴들었다. 이어서, 축구공을 애드벌룬으로 둔갑시켜서 일러바치는 애들이 있으니까, 덧붙이고 심각하다는 표정을 지었다.

"트집이 잡히면 학대라는 수렁에 빠져들어."

해원은, 마음에 상처 주는 말을 했던가? 어느 학생도 나무란 적이 없었는데, 연우가 정신적 고통받는 말을 무의식중에 했을까? 어젯밤부터 언행을 헤집어도 기억이 없었다. 연우 엄마의 힐난이 억울했지만 항의하지 않고 침묵했다. 연우뿐 아니라 누구에게도 발라내지 않은 가시나 모난 모서리의 말을 하지 않았다. 그럴 성격도 되지 못했다. 계약 기간이 정해진 기간제라는 것을 잊지 않았다.

"학생이 달콤한 표정으로 웃는다고 긴장을 놓으면 절대 안 돼!"

담임이 또 껴든 말미에다 느낌표를 강하게 찍었다.

"아이가 기분 나빴다면 부모는 이유 불문의 고소장을 내밀어. 그런 엄마를 맘충이라고들 한다지?"

담임이 덧붙였다. 이쯤에서, 담임은 전문 상담이 해원과 마주 앉은 의도에 훼방꾼이 분명해졌고, 연우 엄마가 해원에게 득달같이 달려든 원인자가 분명해졌다.

생각이 넝마로 너덜너덜 흐트러졌다. 어느 곳을 응시해도, 길에서 아는 누구와 맞닥뜨려도, 모르는 누가 스쳐 지나가도, 점점 막다른 골목으로 몰린다는 자괴감이 반복됐다.

일부러 낮은 촉수의 조명을 켜고 머리맡에 둔 피카소의 화첩에서 특히 청색 시대의 그림을 주목했다. 피카소가 청색 시대에서 벗어나게 된 아비뇽 여인들, 큐비즘이 무엇일까. 시립도서관 책시렁의 빼곡한 책갈피를 뒤졌다. 여러 각도에서 보이는 형태를 평면에다 입체적으로 보여주는 기법이 큐비즘이며, 작품은 「아비뇽의 여인들」이었다. 해원도 바르게 눕고 옆으로 눕고 엎드려서 자신을 찍었다. 사진을 평면으로 조합하여 다섯 명의 아비뇽 여인들이 아닌, 해원 한 사람의 큐비즘을 시연했다. 피카소가 평면에다 뒤섞은 아비뇽의 다섯 여인 중에서, 앞과 뒤가 해체된 채 쪼그려 앉은 여인의 눈빛이 매혹적이었다. 캔버스 밖의 해원을 꾸짖듯 응시하는 두 개의 눈동자에 매료되었다.

"연우가 왜 의사가 되려는지 알긴 해요? 정년이 없어서 노후 준비가 필요 없다는 겁니다."

연우가 가운을 입은 전문의가 된 것처럼 말했다.

"대학 병원 교수와 초등 교사가 같을 순 없다는 거 인정하죠? 게다가 정교사도 아니고 기간제잖아요?"

연우 엄마는 처음부터 해원의 대답을 요구하는 대화가 아닌 자신이 주장을 늘어놨다. 해원은 대답할 의무나 가치를 느끼지 않았다. 반박하고 싶은 충동이 생기면 뿌연 안개로 잠자코 밀어 넣기만 했다.

"이 말은 안 하려고 했는데. 월급이 얼마예요? 의사는 하방이 수천만 원이 넘어요."

역시 대답을 요구하는 물음이 아니었다.

"잘 알지도 못하면서 동정심을 품고 있는 모양인데, 우리 연우에게는 존중만 필요해요."

이쯤에서 해원은 고장 난 시계처럼 생각을 멈추기로 했다. 씨를 긁어낸 박속처럼 머릿속을 하얗게 비워냈다. 알맹이 없이 무슨 말이든 뱉었다간 순서가 흐트러질 테고. 그저 얼버무려진 서툰 발성음이나 토할 뿐이었다.

교장의 지시였다는 교감의 당부를 떠올렸다. 지금이 어떤 세상 인데, 학생 앞에서 지렁이를 어쩌다 밟아도 학대로 피소된다. 소 싯적에 실험했던 개구리 해부를 했다가는 징역을 살아야 하는 세 상이 아니냐. 법적 고소의 주체는 학생과 부모. 무사안일이라며 비난받을지언정, 교육철학에 어긋나도 인내해야 한다. 연우 건은 누굴 탓하지도 말고 연우 엄마가 제풀에 꺾일 때까지 고분고분 들 어주기만 해라.

아마도 교감이 바라보고 있을 운동장 저쪽 느티나무 우듬지로 해원이 시선을 돌렸다.

"우리 연우를 다른 애들과 똑같이…."

해원의 시선 외면에 연우 엄마가 말을 끊었다.

"연우를 다른 애들과 똑같이 여기지 말란 경고입니다."

연우 엄마가 독기를 품었다.

"왜 그래야죠?"

해원이 즉흥적으로 되묻고서, 교과 지식의 편중이 초래하는 사 회성 미숙을 생각했다.

"연우는 서울 의대 입시 초등반에 당당하게 들어가서 단계를 밟 고 있어요. 감히 기간제 나부랭이가 간섭할 연우가 아니란 거 모 르지 않을 텐데?"

감히 기간제가? 해원이 어금니를 물었다. 연우의 문제점을 하나씩 꺼내 차분하고 냉정하게 말할 참이었는데 생각을 바꾸었다. 초등생이 의대 입시반이라니. 연우도 그렇지만 연우 엄마가 안쓰러웠다.

연우 엄마가 교장을 만나고 돌아갔다. 교감과 들어오라는 교장의 호출을 실무사가 알렸다. 교감이 교장실 문손잡이를 쥐고 해원을 기다렸다. 문을 열어 해원을 앞세울 참이었다. 문득 드라마에서 본 밀폐되고 막막한 공간으로 떠밀려 들어가는 장면이 떠올랐다. 텁텁하고 눅은 곰팡이에 아찔해진 듯 메슥거렸다. 걸음을 돌려서 냉장고의 냉수를 컵 가득 마셨다. 교감은 문손잡이를 놓지 않고 해원을 기다렸다.

"기간제가 물을 흐린다는 뉴스를 보긴 했어도 설마 본교가 그럴 줄은 상상도 못 했습니다."

교감이 교장의 눈치를 살피며 말했다.

"계약 기간이 남았는데…."

교장이 교감에게 처분을 떠넘겼다.

"할 말 있으면 해보세요."

교감이 해원 스스로 거취를 정하라고 압박했다.

"연우 엄마도 물론이지만 요즘 학부모가 어떤 사람입니까? 학교에서 마땅한 절차를 내놓지 않으면 그냥 있을 사람이 아니라는 거 몰라요?"

"인권이니 학대니 걸고넘어지면 조건 없이 당해요. 세상이 그렇게 되었잖아?"

"더구나 정교사도 아니잖아?"

교장과 교감의 말은 정교사가 아니라서 지켜줄 의향이 없다는 거였다.

"계약서 가져오세요."

교장의 명을 받은 교감이 나갔다. 해원은 교감이 계약서를 가져오기 전에 일어나 묵례하고 교장실에서 나왔다. 오후에 연우 엄마가 학대 혐의로 고소했고, 해원은 격리 처분되었다. 책상 맨 아래 서랍에서 가방을 꺼냈다. 교무실에서 나오기 전에 돌아서서 묵례했다.

한파가 몰아친 날이라 공원에 누구도 보이지 않았다. 냉랭한 공기를 폐부가 알알하도록 들이마셨다. 정신이 아뜩해졌다가 회복되는 순간의 아릿함, 마약을 하면 이런 기분일까. 냅다 뺨을 때리듯 테니스장 조명탑 기둥을 후려쳤다. 손목의 아릿한 통증에 쓰러지듯 주저앉았다. 어금니를 깨물고 통증을 참으며, 때린 자가 이렇게 아프니 맞은 자는 거품을 물고 흰자위를 뒤집었을 거라며 위안했다. 통증이 멈추지 않았다. 정형외과에서 손목에 붕대를 감았다. 붕대를 풀던 날 사거리의 은행나무를 뺨 때리듯 후려쳤다. 충격을 주지 말라는 의사의 권고를 무시했다.

해원에게라도 해원의 존재를 끊임없이 상기시켜야 했기 때문에, 손가락과 손목에 골절이 생긴다 해도 멈추지 않을 작정이었다. 물렁물렁한 것들은 뺨을 맞는 대상이 될 수 없었다. 해원의 존재를 정신이 번쩍 나도록 상기시켜야 할 몇몇, 하지만 그들의 뺨을 가격하는 건 불가능했다. 해원 앞에 버텨 서는 것들은 애꿎은 돌에 두꺼비 기절하듯 두들겨 맞아야 직성이 풀렸다.

7.

고달사

밤안개 서린 댓돌이 차고 시렸다. 손아귀로 발등을 감싸 쥐고 등을 동글동글하게 오므렸다. 정좌한 스님의 얕은 숨소리는 물론 염주 옮겨 잡는 손바닥 마찰음이 온전하게 들렸다. 봉림사에서 꼬박 사흘의 먼 거리를 견뎌준 짚신을 합장하듯 가슴에 안았다. 짚신이 한 줌의 애호박처럼 작았다.

달빛 머금은 안개 입자가 느릿하게 떠다녔다. 스님이 불러주지 않아도 띳집으로 들어가 부처님께 합장 후 잠들어야 할 텐데. 잠의 기미는커녕 신경이 벼린 칼날로 곤두서며 낯설었다. 어둠이 벗겨지는 새벽이면 혜목산의 자태가 드러날 것이며, 숲에서 안식한 멧비둘기가 동녘으로 날아오를 터였다.

비좁은 띳집에서 발칫잠일 줄 알았는데 먼 길 보행으로 지친 탓이라 곤한 잠을 잤다. 동녘 붉은 기미에 눈을 떴는데, 어젯밤 늦도록 좌선이던 스님이 보이지 않았다. 부처님께 합장 후 띳집에서 나왔다. 동이 이미 텄고 어젯밤 그토록 궁금했던 혜목산이 한눈에 드러나며 옥녀봉을 우뚝 세운 지형지물이 한눈에 들어왔다. 높은 곳에 서니 멀리 가뭇하니 봉우리를 거느린 용문산이 영검하게 솟았다. 아침에 둘러본 띳집이 제법 그럴듯했다. 댓돌과 샘물만이 덜렁해서 을씨년스럽긴 해도 아홉 살 동자의 눈에도 상서로웠다.

당나라에서 귀국하고 봉림사에서 참선하던 스님 현욱(玄昱)이 무슨 영문인지 동자의 손을 잡고 혜목산으로 왔다. 인적 드문 혜목산 띳집에 불상을 단출히 모신 스님은 법명이 오정(悟淨)이며, 칠순이 넘었다.

"고작 요만한 띳집으로 오려고 그 먼 길을 급히 오셨나요?"

동자가 샘물 표주박을 입에 물었다가 투덜거렸다. 봉림산 봉림사에서 여주로 오며 큰 기대에 부풀었다. 곡식 벌판이 너른 여주로 온다기에 허기도 참으며 좋아했다. 그렇게 찾아온 곳이 인적 드문 산자락이었으니 마뜩할 리 없었다. 등골 따끈한 구들방은 아니어도 비바람 면할 띳집이 달랑 있긴 해서 그나마 다행이긴 했다. 동자는 표정이 떨떠름해도 표주박 샘물이 혀 밑에서 달착지근했다.

"부처님 모시는데 암자나 띳집이나 한가지임을 깨닫지 못하고 어찌하여 불경한 게냐?"

여주로 오며 탁발 수행하는 사흘 동안 묵언이던 현욱이 동자를 나무랐다.

"배는 곯지 않으리라 믿었는데. 이곳도 별반 다르지 않습니다."

동자는 봉림사보다 못한 띳집이라 먹을 것 역시 없을 것이라 여겼다.

"허허. 저 아래 강물이 보이지 않으시오?"

오정이 산 아래 희부옇게 흐르는 강으로 팔을 뻗고는 심통 잔뜩 돋은 동자의 어깨를 어루만졌다.

"강물이 둑을 타 넘는 이무기로 보입니다만 배곯음과 무슨 상관입니까?"

물가로 전답이 제법 너른 뜰을 동자가 넌지시 바라보았다.

"강물에 헤엄치는 물고기가 뵈지 않는 게로구나. 참으로 불쌍하구나. 발아래 풍족함을 굽어보지 못하니. 평생 배를 곯을 팔자로다. 허허허."

현욱이 동자의 까까머리를 어루만졌다.

"불자가 배 좀 고프다고 어찌 어육을 탐한단 말입니까?"

"물속에 살찐 생물이 넉넉하니 물가 뜰의 곡식 몇 알쯤은 허기짐을 달래줄 수 있지 않겠느냐 그 말씀입니다."

오정도 허허 웃었다. 동자는 고개를 끄덕이면서도 까슬해진 심통이 여전했다. 내리막길이 강에 닿으면 마을이 있으니 해 저무는 무렵까지 놀다 오라며, 오정이 동자를 마을로 보냈다.

현욱의 느닷없는 방문의 사연을 모르는 오정은 내심 불안했다. 현욱이 혜목산 지세를 진득하니 굽어보았다. 햇살이 내려앉는 강물이 희부연 몸통으로 굽이쳤다. 저만치의 용문산이 볏가리를 쌓은 듯 고만고만한 봉우리를 거느렸다. 너른 뜰에서 우후죽순 돋은 것들이 풍요롭게 보였다.

"봉림산과는 어림없이 나지막합니다만 맥이 정갈하며 단아합니다."

현욱이 승적을 밝히지 않았는데 오정이 봉림산을 말했다. 현욱은 오정의 혜안에 속으로 감탄했다.

마을로 내려온 동자는 혼자 있는 시간에 익숙했다. 부모의 손을 잡은 또래의 아이를 마을 고샅에서 훔쳐보았다. 외톨이의 번뇌를 업보로 일평생 승려여야 하는가. 회한과 자책을 넘지 못하여 무참 괴승을 자처할지도 모를 거라고. 아홉 살 나이에 경망스러운 생각도 했다.

속세와 격리된 어린 동자는 점차 생각이 많아졌다. 생각이 돋으면 거미 똥구멍처럼 궁금증이 무수히 생겨났다. 생각의 타래에서 허덕이다 날이 저물어도 결말을 얻지 못하니 허허로움을 끌어안고 잠든 날도 부지기수였다.

현욱이 다짜고짜 혜목산으로 온 까닭을 봉림산에서 떠나기 전에 동자는 어림짐작했다. 수면 중에 부처님을 현몽한 듯 깊은 밤중의 좌선을 목격하며 긴가민가했다. 하산하여 첫 고을 지나면서 노인과의 말씀에서 확신했다. 기와집 한 채가 고을의 전망 좋고 햇살 잘 드는 곳을 차지했다. 부잣집을 마다하고 마당에 대추가 실하게 열리긴 했으나 쓰러져 가는 초가로 스님이 동자를 이끌었다. 기와집 솟을대문이라야 기름진 곡기를 시주받지 않느냐며 동자가 볼멘소리를 냈다. 대추가 저렇게 실하면 되었다며 스님이 동자를 나무랐다. 초가 마당에서 서너 차례 인기척을 넣어서야 겨우 방문이 열렸다. 노인이 내어준 식은 고구마로 허기를 달랬다. 노인이 간밤에 범상치 않은 꿈을 꾸었다고 토로했다. 스님이, 용을 보셨구려? 대수롭지 않게 되물었다. 기이하게도 강물에서 승천이 아니라 봉림산에서 하강이라고 노인이 말했다. 기이한 현몽을 어찌 누설하냐며 스님이 노인을 대뜸 나무랐다. 먼 길에 대추 한 줌 시주받으면 어떻겠냐며 동자가 청했다. 스님은 그저 허허 웃기만 했다. 동자가 못내 아쉬워 돌아보니 대추는 고사하고 잎도 모두 떨어진 앙상한 가지만 남았다.

*

"스님께서 도와주실 일이 있습니다."

동자가 마을로 내려간 후 현욱이 오정을 띳집으로 이끌었다.

"늙어서 이빨도 성치 않은 빈도가 도울 일이 무엇이 있겠습니까. 혹여 도울 여력이 있을지 모르니 말씀을 주시지요."

어젯밤 현욱의 예고 없는 등장이 뜻밖이라 오정이 긴가민가한 심정으로 합장했다.

"혜목산의 연륜이 어찌 되시는지요?"

"약관 춘삼월에 띳집에 들어와 고희가 되었습니다."

현욱의 느닷없는 방문 목적을 모르는 오정이 심란해지는 속을 다독였다. 부처님 공양 겨우 모시는 띳집에서 떠나지 못하는 속내를 털어놓지 않았다.

"혜목산과 인연 맺어 긴 세월 보신 게 있으니 지세의 맥을 손바닥에 품고 계시겠지요?"

"빈도가 무슨 재주로 지관의 혜안이 있겠습니까? 명산이 아닌 작은 언덕에 명당이 있기나 하겠습니까?"

무엇인가 캐물으려는 현욱의 눈빛에 오정이 마음을 낮추었다.

"명당이 명산에만 있는 것이 아니라고 선사께 들었습니다."

현욱의 지성스럽고 절실한 요청에 오정은 심사가 여울 물살처럼 일렁였다.

"산과 강으로 오르내리는 바람이 갈무리되는 자락을 생각해 보시지요."

강은 물의 통로이며 바람의 길이 되었다. 어두워지면 산에서 뜰을 지나 강으로 바람이 불었다. 나룻배를 젓는 늙은 사공의 소매를 유순하게 다독이는 혜목산의 자비였다. 새벽에는 강물이 안개를 뭉굿뭉굿 피웠다. 바람이 빛에 데워지면서 산으로 올라왔다. 바람이 나오는 곳이 있고 머무는 곳도 있으니. 혜목산의 기운이 갈무리되는 곳이 어디냐고 물었다.

"닭이 알을 낳는 둥지를 이르는 말인가요?"

오정이 뜻밖의 대답을 내놓았다.

"스님께서 지관의 혜안이 없는 게 아닙니다. 명당은 바람을 안고 돌뿐만 아니라 기운이 청명하여 심성이 옥빛으로 밝아지는 곳이기도 하지요. 햇볕이 주는 밝고 따뜻한 생기가 땅과 합일하는 곳이라고 할 수 있습니다. 강물도 급하게 내려와 혜목산 뜰에서 평온해진 듯 유순하지 않습니까? 물길이 부드럽고 유순하니 황금 닭이 알을 품는 금계 포란 명당이 분명 있을 것입니다."

얼굴색이 환하게 맑아진 현욱이 혜목산을 찾아온 이유를 털어놓았다.

"하늘과 땅의 기운이 합일하여 바람도 갈무리되는 곳이라?"

오정이 놀란 표정으로 마음을 더욱 낮추었다.

"명당은 산이 맺은 꽃이요 과실입니다. 사람은 죽어서 땅에 묻히니 죽어서도 하나가 되는 것이지요. 백두의 대간에서 분기한 차령산 맥을 찾아야 합니다."

현욱이 다급한 마음을 드러냈다.

"한양 권세가의 저승 대궐 자리라도 부탁받으셨나요?"

오정은 현욱이 세도가의 명당자리를 찾는다고 생각했다. 그래서 주저하며 속을 드러내지 않았다.

"이유는 묻지 말고 빈도에게 안내하여 주시오."

좀처럼 성급함을 드러내지 않는 현욱이 평소답지 않게 서둘렀다.

"막상 보시면 실망이 클 것입니다."

오정이 등을 돌려 띳집으로 걸어갔다.

"무지한 자의 시신이라도 묻혔단 말입니까?"

현욱이 따라가며 추궁했다.

"억새가 뒤덮여 있으니 서글퍼 그러는 것입니다."

오정이 탄식하고 띳집으로 들어갔다. 현욱은 오정의 심정이 안온해지기를 띳집 밖에서 기다렸다. 햇덩이가 강물에 치자꽃을 흩뿌리며 기울었다.

*

"스님, 이것 좀 보십시오."

마을로 내려갔던 동자가 덜렁덜렁 보퉁이를 흔들며 걸어왔다.

현욱이 무심하게 달뜬 동자를 외면했다.

"떡이 여기 있습니다."

동자가 주춤거려 보퉁이를 내밀었다. 현욱은 눈길 한번 던지고 그만이었다. 시무룩해진 동자가 댓돌에 앉았다. 시간이 흘렀다. 짙은 어둠이 혜목산을 껴안기 시작했다. 띳집 거적을 밀치고 나온 오정이 동자 곁에 쪼그리고 앉았다.

"뜰이 넓어서 이만한 시주가 있는 겁니다."

오정이 보자기를 펼치고 쌀떡을 동자 입에 넣어주었다. 침울하던 동자가 환하게 웃으면서 오물오물 떡을 씹었다.

"동자는 법명이 무엇인가요?"

오정의 물음에 동자가 눈만 말똥거렸다.

"봉림산에서 태어나 속세는 처음입니다. 소승이 변변하지 못하여 법명을 내리지 않았습니다."

현욱이 멋쩍어하며 대답했다.

"그러고 보니 스님의 법명도 아직 모르고 있습니다."

오정은 현욱이 봉림사에서 왔음을 간파했으나 법명까지는 알아내지 못하였다. 나흘 전에 꿈을 꾸었는데, 누렁소와 송아지가 봉림산에서 내려오는 장면이라 필시 기이한 현몽이라 믿었다.

"봉림산에서 속세와 연을 끊고 살았더니 불러주는 자 없어 법명을 잠시 잊고 살았나이다. 허허허."

현욱이 사뭇 겸연쩍다며 동자의 까까머리를 쓰다듬었다.

"스님은 법명이 있기나 했습니까?"

동자는 아홉 살이 되도록 스님의 법명을 한 번도 듣지 못했다.

"속성은 김가이며, 법명이 현욱이라 합니다. 당나라 유학 중에 마조도일(馬祖道一) 선사의 제자이신 장경(章敬) 스님이 법명을 주셨습니다."

동자가 물었는데 현욱이 오정에게 허리를 굽혔다.

"육조 혜능 대사의 손제자인 마조도일 선사 문하를 스승으로 두셨단 말씀이십니까?"

오정이 주름 덕지덕지한 눈꺼풀을 화들짝 쳐들었다. 마조도일 선사는 문하에 신묘한 제자가 많음을 불제자라면 능히 알고 있었다.

"스님이 현욱이었단 말씀이지요?"

눈알을 말똥이던 동자가 대뜸 물었다.

"허허, 이 녀석. 이제야 내 법명을 알았단 말이냐?"

현욱이 장난스럽게 호통을 쳤다.

"저의 법명도 지어주시지 않고서 어찌 큰 말씀입니까?"

동자도 빙그레 웃으며 물러서지 않았다.

"동자도 법명이 있어야 하겠습니다?"

오정도 웃으며 너스레를 떨었다.

"이름도 없이 아홉 살이 되었으니 짐승이나 다름없는 삶을 살았습니다. 오늘 이 자리에서 법명을 주시지 않으면 차라리 저 숲으로 들어가 짐승이 되렵니다."

동자가 협박했다.

"오정 스님께 큰절을 올려라. 짐승에서 인간의 세상으로 구제하여 주실 게다."

현욱이 오정에게 동자의 법명을 청했다.

"어찌 소승이 현욱 스님의 가르침을 받아온 동자의 법명을 헤아리겠습니까?"

오정이 팔을 내저으며 사양했다. 동자가 넙죽 절을 올렸다.

"이 순간부터 심희(審希) 법명으로 태어나십시오."

절을 받은 오정이 잠시 염주를 굴리다가 동자에게 허리 굽혀 합장했다.

＊

오정은 혜목산의 비급으로 내려왔다는 스승의 가르침이 불현듯 떠올랐다. 오정의 스승도 선대 스승의 가르침을 전해 듣고 가슴에 꼭꼭 묻고 있다가 스치듯 들려주었다. 오정은 생각조차 삼갔다. 생각이 감돌면 누구에겐가 말하고 싶은 충동이 절실해져 번뇌가 된다는 가르침을 받았기 때문이었다. 가슴에 묻어둔 것이 번뇌가 될세라 마음의 자물쇠를 질끈 채웠다. 띳집에서 약관이던 오정이 칠순이 되었다. 비급을 누군가로 옮겨줄 때가 되었다. 봉림사에서 뜻밖에 온 현욱이 혜목산의 비급과 무관하지 않다고 판단했다.

무명의 고승이 혜목산 자락을 지나가다 걸음을 뚝 끊었다. 지맥을 살피던 고승의 얼굴이 굳어지면서 무거운 신음을 흘렸다. 삼백 년 묵혀 두면 지맥의 효력이 극에 달해 띳집을 짓고 사흘만 살아도 자비심이 물결처럼 번질 지형이로다. 오호통재라. 뭇 인간의 욕심이 어찌 삼백 년을 그냥 두겠는가?

고승이 곡기를 끊고 참선하다가 무릎을 치고 일어났다. 연못에 뜬 알둥지 형상에다 시신이 없는 가묘를 만들고는 갖은 석물로 치장했다. 석물로 잔뜩 짓눌러 알둥지를 물속에 가라앉혀 놓은 셈이었다.

삼백 년이 지나면 억새가 뒤덮일 것이오. 억새를 베어내고 석물을 걷어내 띳집을 지어 백일 공양하라며, 바랑을 메고 탁발 중인 스님을 불러세워 고승이 애원했다. 범상치 않음을 알아챈 스님이 바랑을 내려놓고 고승이 일러준 곳에 띳집을 지었다.

"육신과 혼에 빗장을 질러 묻어두었는데 삼백 년 만에 스님께서 억새를 찾아오셨구려."

오정이 합장했다. 현욱이 가녀리게 떨며 합장했다.

"스님께서 대자대비의 큰 덕을 베푸신 것이오."

현욱의 말을 오정은 이해하지 못했다. 다만 염주를 굴릴 뿐이었다.

핏집에 정좌한 오정이 밤을 새울 요량인지 초저녁부터 움직임이 없었다. 오정은 착잡한 심경에 몰입되었다. 입적하신 선대 스님에게 비급으로 전해 들은 억새밭을 누설하였으니, 마음의 바람구멍이 휭하여 잠을 이룰 수 없었다.

"스님. 떡이 싫었습니까? 태어나서 처음 먹어보는 떡이었습니다."

심희가 입맛을 다셨다. 현욱은 묵묵부답이었다. 온 심경이 억새가 무성하다는 혜목산 자락을 더듬었다. 뎅그렁. 뎅그렁. 바람이 가늘어도 청량한 풍경소리를 들으며, 벅차오르는 가슴을 달래고자 숨을 천천히 쉬었다.

억새를 헤치고 석물을 거둬내라. 물에 잠긴 알둥지를 연꽃처럼 다시 띄우면 자비가 물결로 퍼져나갈 것이다. 현욱은 오정이 들려준 고승의 예언을 떠올렸다.

"스님. 내일 또 산에서 내려갔다가 와도 되겠습니까?"

심희의 칭얼거림이 한마디도 들어오지 않았다. 뗑그렁. 뗑그렁. 숲에서 핏집 마당으로 나온 바람에 풍경이 울며 밤이 깊었다. 핏집에 정좌한 오정의 기척이 끊겼다. 떡이 먹고 싶다며 입맛 다시던 심희가 새근새근 잠이 들었다.

*

꿈을 꾸었다. 현욱이 연꽃에 앉아 하늘로 올라가는데 눈이 부셔 바라볼 수 없었다. 눈을 비비면서 둘러보니 옆에 누웠던 심희가 보이지 않았다. 아득하게 먼 용문산 봉우리가 벌겋게 동트는 중이었다. 댓돌의 오정 짚신이 어젯밤 그대로 가지런히 놓여있었다. 띳집에 합장하고 심희를 찾아 둘러보았다. 심희가 보이지 않았다. 띳집으로 들어가니 오정이 정좌한 채 입적하려는 순간이었다.

"어찌하여 이러시오."

현욱이 오정의 어깨를 잡았다. 오정이 가늘게 눈을 뜨고 힘겹게 입을 열었다.

"무명의 고승께서 예언한 천기를 이승에서 둘이 알 수는 없는 것이오. …소승이 …이승에서… 입을 닫아야…."

오정이 숨을 거두었다. 오정은 입적하고도 정좌한 자세로 부처님께 합장했다.

숲에서 나온 심희 얼굴로 아침 햇살이 황금빛으로 모여들었다. 오정의 입적을 알아차린 심희의 볼로 눈물이 주르르 흘렀다. 법명을 주신 오정이 입적했다.

현욱이 바랑을 짊어졌다.

"오정 스님께서 입적하셨는데 매정하게 떠나신단 말입니까?"

심희가 볼멘소리로 투덜거렸다. 현욱이 걸어가고 심희가 주춤주춤 따라갔다. 여름 강렬한 햇살을 견뎌온 나뭇잎에 붉은 반점이 띄엄띄엄 서렸다.

"스님. 단풍이 들고 있어요."

심희가 단풍 어우러지는 숲에 시선을 두고 촐랑촐랑 걷다가 돌부리에 휘청거렸다.

"네 눈에는 단풍이 보이느냐? 생각이 참 가련하구나."

현욱이 뒤도 돌아보지 않고 나무랐다. 언덕에 서더니 주변을 살폈다. 강을 바라보고 햇살이 내리치는 방향도 살폈다. 강 건너 봉우리를 보면서 고개를 끄덕였다. 혜목산 줄기도 꼼꼼히 살피고 이리저리 걸어 다녔다. 그렇게 반나절이나 곳곳을 살폈다.

억새가 우거진 곳에 현욱의 걸음이 멈췄다. 헤쳐보니 억새가 빽빽하게 자라서 흔적이 흐트러진 웅덩이였다. 혜목산으로 쏟아지는 햇살이 억새로 모여들었다. 하얀 억새가 햇살을 받아 일렁이는데, 수천수만의 하얀 나비가 곱게 앉은 것 같았다. 정신이 몽롱하도록 현란했다. 강에서 바람이 한 모금 불어왔다. 억새가 살포시 일렁였다. 수천수만의 하얀 나비가 일제히 날개를 펼치듯 반짝거렸다. 와아ㅡ. 심희가 주먹으로 눈을 비비면서 저절로 탄성을 지었다. 현욱도 흥분을 참지 못하고 신음을 흘렸다. 바람이 지나갔다. 하얀 나비의 떼가 날개를 접고 햇살을 튕겨내기 시작했다.

"바로 이곳이다."

현욱이 신음하듯 중얼거렸다.

"이곳이 어느 곳이기에 갑자기 분주하십니까?"

심희 물음에 대답도 없이 억새 여기저기를 누비며 산세를 보고 바닥에 묻힌 돌을 헤집었다.

"소승은 스님의 속을 하나도 알아보지 못하겠습니다."

심희가 또 물었다.

"여기다 움막을 지어야겠다."

현욱이 동문서답했다.

"띳집으로 돌아가지 않는다는 말씀입니까?"

"띳집은 네가 가있어라."

"무슨 말씀이세요? 오정 스님의 존체로 소승 혼자 돌아가란 말씀입니까?"

"귀가 멀었느냐?"

"혼자는 무섭습니다."

"부처님이 계시는데 무엇이 무섭단 말이냐?"

현욱이 호통을 쳤다. 억새의 현란함에 취했다가 뜬금없이 내침을 당한 심희는 울상이 되었다. 현욱은 심희를 돌아보지도 않고 바랑에서 낫을 꺼내 억새를 베어냈다.

＊

띳집이 호수의 깊은 바닥처럼 고요했다. 띳집에 정좌한 오정의 존체로 향을 피웠다. 저절로 한숨이 쏟아져 나왔다. 오정을 안장해야 했다. 아홉 살 심희가 시신을 운구하여야 했다. 먼 곳은 불가능했다.

"햇살이 넘쳐나며 공기가 항상 맑은 곳이라야 해."

법명을 주신 오정의 묏자리를 찾아 혜목산을 걸어 다녔다. 욕심을 내어 찾아다닐수록 띳집에서 점점 멀어졌다. 혜목산 줄기에 올라 주변을 세세하게 살폈다. 눈에 확 드는 곳이 있어 저곳이 아닐까 달려가면 저쪽이 더 좋아 보였다. 혜목산 자락을 뛰어다니다 해가 뉘엿뉘엿하니 낮아졌다. 곡기도 거르며 종일 묏자리를 찾아 산자락을 오르내렸다.

내일 다시 찾아 나서자며 띳집으로 향했다. 몇 굽이 자락을 넘었는지 띳집이 쉽게 나타나지 않았다. 노을이 혜목산에 머리를 풀고 있었다. 굴참나무 가지로 황금 빛살이 쏟아졌다. 띳집에 가까이 왔을 때 황금 빛살은 가히 장관이었다. 손가락으로 툭 튕기면 빛살이 울면서 거문고 소리를 낼 것만 같았다. 노을의 황금 빛살이 장관인 산자락으로 돌덩이를 던지면 수천수만 개의 거문고가 일제히 울 것 같았다. 황홀한 광경에 혼이 빠져있는데 노인 나타나더니, 어찌 산중에서 넋을 잃고 있느냐며 합장했다.

"저 아래를 보십시오. 공깃돌을 던지면 빛살이 거문고 가락으로 울 것 같지 않습니까?"

심희도 합장했다.

"잠시 빚어지는 환상입니다. 곧 없어질 허상에 너무 감탄하지 마시오."

노인의 말이 끝나기 무섭게 황금 빛살이 삽시간에 거두어졌다. 심희는 환상에서 깨어나 눈을 홉뜨고 노인을 바라보았다.

"산이 온화해서 거친 길이 없을 터인데 행색을 보아하니 험하고도 먼 길로 다닌 것 같구려."

노인이 심희의 지친 행색을 훑어보았다. 심희는 묏자리를 찾아 산자락을 온종일 다녔다며 피곤한 표정을 보였다.

"쯧쯧…. 죽어 넘어진 육신은 썩어 한 줌의 흙이 되는 것을…."

노인이 혀를 끌끌 끌었다.

"어젯밤 입적하신 스님의 존체를 모셔야 하는데, 소승의 안목이 깊지 못하여 명당을 찾지 못하였습니다."

"명당이라…?"

노인이 조금씩 어두워지는 숲으로 중얼거렸다.

"소승이 아무리 찾아다닌다 한들 명당을 찾을 수 없었습니다. 명당을 알지 못하니 밟고 지나갔어도 깨닫지 못했을 것입니다."

내일도 혜목산 자락을 걸어 다녀야 헛일이라며, 심희가 한숨을 내쉬었다.

"어떤 곳을 찾아 온종일 돌아다닌 것이오?"

노인이 물었다.

"소승이 귀동냥한 짧은 소견으로 우매한 다리품을 하였습니다."

"귀동냥하였다는 그 소견을 어디 들어봅시다."

노인이 마른 풀에 앉았다. 심희와 노인의 일문일답이 시작되었다.

"산이 밝고 물이 맑으며 공기는 부드러워서 앉거나 누우면 가슴이 평온한 곳이라 하였습니다."

스님의 가르침을 말했다. 스님은 틈만 나면 황금 닭이 알을 품는 명당에 웅장한 불사가 있을 것이라고 예언을 반복했다.

"스님이 넋을 놓고 있던 그 황금빛 빛살이 산자락으로 넘쳐흐르지 않았던가?"

"거문고 가락이 들릴 듯 햇살이 맑았어요."

"물이 맑다고 하였소?"

"물이 맑아서 눈도 맑아지는 곳이라 하였습니다."

"저 아래 강물이 한눈에 보이지 않았소?"

"노을빛이 앉아 강물이 용으로 보였습니다. 황금 비늘을 반짝거리면서 용솟음을 쳤으니까요."

"그렇다면 스님은 가까이 두고 온종일 헛걸음하셨구려. 하하하."

노인이 인자한 얼굴로 웃었다. 심희는 머리를 갸웃거리며 노인을 이해하지 못했다.

"명당을 찾으러 다니면서 마음이 괴롭거나 혼란스럽던가요?"

"스님께 명당을 찾아드린다는 설렘이 가슴에 가득했습니다."

"지금도 그 심정이오?"

"그렇습니다. 지금은 평온하기까지 합니다."

"스님께서 말씀하시기를, 명당이란 산이 밝고 물이 맑으며 태양은 아름답고 공기는 부드러워 그 자리에 앉거나 누우면 평온한 곳이라 하였습니다. 스님이 앉아 계신 그곳을 아직도 깨닫지 못했나요?"

노인이 빙그레 웃었다. 심희가 생각의 이마를 치며 탄성을 질렀다.

"그렇다면 이곳이 명당이란 말씀입니까?"

심희가 노인에게 무릎을 꿇고 상체를 조아렸다.

"무얼 꾸물거리시오?"

노인이 심희를 일으켰다.

"곧 해가 질 것이니 서둘러야지요?"

노인이 손짓한 참나무에 삽과 곡괭이가 기대어 있었다. 노인이 곡괭이를 들고 심희가 삽을 들어 땅을 팠다. 석 자를 파도 곡괭이 날에 돌멩이가 부딪히지 않았다. 백설기 떡같이 부드럽고 고운 흙이 파헤쳐졌다. 시신이 안치될 묘혈이 만들어졌다.

"이쯤이면 되었소. 늙은 육신으로 곡괭이질 했더니 피곤하구려. 여기 앉아있을 테니 향을 피우고 오시오."

노인이 묘혈에 앉았다. 심희가 부랴부랴 띳집으로 갔다. 오정의 시신이 없어졌다. 황당하여 띳집과 주변을 둘러보았으나 찾을 수 없었다. 울상으로 묏자리로 올라와 깜짝 놀랐다. 노인이 잠시 쉬겠다며 앉았던 묘혈에 오정이 곱게 안장된 것이 아닌가? 명당을 일러주고 함께 구덩이를 팠던 노인은 없어졌다.

＊

오정의 장례를 마친 동자가 스님에게 갔다. 수천수만의 흰나비가 햇살에 일렁이던 억새가 베어졌다. 띳집에서 진득하지 못하여 내려왔다고 혼이 날까. 숨어 바라본 스님은 가사 자락으로 돌을 나르는 중이었다. 억새가 우거졌던 연못에 층층이 쌓였던 돌을 주워냈다. 무명 고승이 삼백 년 전에 감탄했던 황금 닭이 알을 낳는다는 금계 포란 명당. 세상에 드러나지 않도록 알둥지를 짓눌러 가라앉혔던 돌을 주워냈다. 하루 반나절 만에 초가삼간 터가 드러났다. 나무를 꺾어다가 뼈대를 만들고 억새를 둘러서 움막이 만들어졌다.

"짐승처럼 숨어있지 말고 와서 거들어라."

스님의 나무람이 근엄했다.

"여기서 아예 눌러사실 작정이십니까?"

심희도 억새를 나르며 물었다.

"황금 알둥지로 억새가 또 우거지게 놔두란 말이냐?"

"황금이요? 어디요?"

심희가 억새를 동댕이치고 꼬챙이로 바닥을 후볐다.

"일을 거들어달라 했지. 땅을 파라고 했느냐?"

스님이 대뜸 나무랐다.

"황금 알둥지라고 하지 않았습니까?"

"석 달 열흘을 후벼봐라. 좁쌀 알갱이 황금이라도 나온다면 네게다 큰절하겠다."

"사나흘 굶었다고 헛소리하시네요?"

심희가 꼬챙이를 휙 던지고 일어났다. 스님은 몹시 초췌해진 형색이었다. 자애로운 표정은 여전했다. 억새로 이엉을 얹은 움막이 설핏하게 만들어졌다.

"이제 되었다. 오늘부터 석 달하고 열흘은 다시 볼 생각하지 말거라."

스님이 가사의 티끌을 털어냈다.

"석 달 열흘. 어디 다녀오실 작정이세요?"

봉림사에서 자주 있었던 터라 대수롭지 않다며 물었다.

"백일 안거가 끝나는 날 오너라. 햇살이 마을로 강물 되어 흘러내릴 것이다."

봉림산에서 심희는 스님의 불경 공부를 보지 못했다. 바위 틈서리 흙에 푸성귀 가꾸는 시간을 빼면 면벽으로 명상에 잠겼다. 동짓달엔 동안거를 거르지 않았다. 스님이 명상에 잠기거나 동안거에 들면 어린 심희는 무료와 배고픔에 시달렸다.

"스님은 어찌하여 불경 공부를 하시지 않는 것입니까?"

스님이 동안거를 마치던 날 심희가 고픈 배를 틀어쥐고 물었다.

"이놈아. 내가 무위도식하며 게으름이라도 피웠단 말이냐?"

석 달 열흘 만에 마주 본 스님이 까까머리에 알밤을 주었다.

"스님께서 아침잠도 없으시고 푸성귀지만 정성껏 가꾸시는 걸 알고는 있지만, 불경을 가까이하기는커녕 면벽하신 채 조는 듯 눈을 감고 계시니 누군들 게으름이라 말하지 않겠습니까?"

심희가 장난스레 비아냥거렸다. 스님은, 마음의 눈으로 만물을 보아야 한다면서 진리를 사모하는 마음이 있으면 불경을 읽지 않아도 자비심이 깃드는 것이라며, 인자하게 눈을 흘겼다.

심희는 해가 뉘엿해서야 띳집으로 올라갔다. 곧 해가 졌다. 노을을 받아 구렁이 몸통 같던 강물에서 어둠이 기어 나와 세상을 껴안았다. 혜목산에 어둠이 까맣게 칠해지기 전에 산나물 찬으로 공양하며 홀로 구십여 일을 보냈다. 신기롭게도 혜목산으로 시주가 찾아오지 않았다. 스님이 안거의 움막에서 나오려면 열흘을 더

기다려야 했다.

어두워지면 인적이 없고 괴괴한 적막이 띳집과 주변을 장악했다. 띳집에 부처님의 은은한 미소가 있지만, 같이 있는 사람이 없으니 무서웠다. 띳집이 무섭다고 스님에게 말하면 이놈아, 부처님이 계시는데 무엇이 무섭다는 게냐. 호통만 돌아올 터였다.

새벽마다 공양을 마치고 앞마당을 싸리비로 쓸었다. 숲에 돌을 던지니 장끼가 후드득 날아갔다. 줄곧 산에서 자랐으므로 겨울 짐승의 잠자리를 터득했다. 토끼가 어느 바위굴에서 자는지, 꿩이 어느 나무 섶에서 숨었는지, 부엉이가 어느 굴참나무에 구멍을 내었는지 알았다.

*

스님이 안거 중인 움막으로 내려갔다.

"저녁 공양 올리고 내려와도 되는 것을 무엇이 그리 급한 게냐?"

스님의 꾸짖는 소리가 들렸다. 심희가 깜짝 놀라 두리번거렸다. 스님이 보이지 않았다.

"아랫마을에 저 많은 집과 사람과 가축이 어울려 날마다 재미를 덤불로 쌓고 있는데, 소승만 혼자 적막한 산중에 있으란 말입니까?"

심희가 퉁명스럽게 소리를 질렀다.

"덤불이 네 눈에는 재미있어 보이느냐? 내게는 가시덩굴로 보이는구나."

"마을에는 참기름 물씬한 떡도 있고 꿀에 절인 약과도 있는데, 제 밥상은 고사리 몇 가닥이 전부입니다. 풍년거지 서럽다는 말이 저를 두고 한 말입니다."

배고픔은 갓난아기부터 이력이 났지만, 키가 자라는 만큼 배고픔의 번뇌가 커졌다.

"적게 먹고 가는 똥이나 눌 팔자에 기름진 음식 속에 넣으면 똥구멍으로 애호박이 열려 평생 닫지도 못하고 살 게다."

심희가 투정과 스님의 꾸짖음이 오고 갔다.

강물에서 현란하게 반짝거리는 햇살이 고픈 배를 자극했다. 전을 부치고 막걸리를 퍼 담는 마을 주막의 헛것이 아롱아롱 떠올랐다.

"욕망도 허세도 기름진 음식도 배고픔도 모두 한 줌이다. 네가 지금 손아귀에 쥐고 있는 욕망을 살그머니 펴 보면 손바닥에 놓인 것은 너 자신뿐이니라."

삼베 속곳의 방귀처럼 풀려나는 동자의 정신을 잡아들이는 스님의 일침이었다.

"띳집으로 올라가거라."

스님의 음색이 냉엄했다.

"또 산중으로 쫓으십니까?"

심희가 볼멘소리를 냈다.

"부처님 모실 대업을 시작해야겠다."

스님이 혜목산 알둥지에 고달사 창건을 예고했다.

솔잎에 조각난 햇살이 숲에서 오물오물 노닐다가 느닷없이 날아
오른 까투리에 화들짝 놀라 포르르 모여들었다.

8.

코스모스 갓길

우윳빛 수면제가 팔뚝 정맥으로 주입되었다. 분홍 꽃잎이 고요와 버무려지는 향기가 뭉글뭉글 피어났다. 의식이 이탈되면서 항문으로 내시경 렌즈가 삽입되었다. 몸피에 소름이 돋으며 진저리가 났다.

주먹으로 입술을 맞아 부러진 앞니가 물에 잠겼다. 대야에 물을 담아 놓고 울고 있는 호아. 입술이 터져서 붉은 피가 대야로 뚝뚝 떨어졌다. 붉어지는 물에 앞니가 차츰 가려지는 것을 바라보며 울었다. 분홍과 하양의 꽃이 섞인 코스모스를 우악스럽게 뽑아 든 주먹으로 언니의 눈빛이 으르렁거렸다. 파키스탄 노동자에게 윤간당한 지적장애 소녀가 길섶으로 고꾸라졌다. 좌판 생선이 갑자기 짓물러지고 코시안 타운 시장 사람들이 유령처럼 흔들리며 사라졌다. 생피 냄새가 났다. 작달비에 여린 꽃잎이 무참하게 찢어지는 비릿함이 섞였다.

"그만 일어나세요."

간호사가 어깨를 흔들었다. 상체를 일으키면서 우엑 헛구역질을 쏟아냈다. 스리랑카 노동자가 침입하였던 자정의 부패한 세균이 트림으로 올라왔다.

"호아가 죽었다."

언제 어떻게 왜 돌아가셨는지 반문할 틈 없이 언니 전화가 끊겼다. 엄마가 죽었다. 방문하기로 예정했던 곳으로 떠났다는, 잠깐 다녀와야 할 곳으로 출발하였다는, 죽을 것을 이미 예감하고 있었는데 그것이 이제 성사되었다는 아주 평온한 언니의 말투. 호아는 하필 프로포폴로 의식이 정지된 사이에 돌아가셨을까.

하제로 대장을 비우며 선잠 든 어젯밤 꿈을 퍼뜩 떠올렸다. 호아가 물을 담아놓고 울던 대야는 고무로 만든 색감이 탁한 붉은 색이었다. 새벽 네 시에 일어나 하제를 마저 복용하면서 과거의 기억이 꿈으로도 재생된다는 것을 깨달았다. 일곱 살에 마당에서 보았던 장면의 재생이었다. 주먹질한 아빠가 꿈에 나타나지 않았기 때문에 완벽한 재생은 못 되었다. 시간이 흐른 만큼의 그럴싸한 재생이었지만 질감이나 동작은 또렷했다. 어젯밤 전화로 들었던 호아의 목소리가 분명했다.

사물과 공기가 질감 효과 촬영의 작은 알갱이로 나타났다. 이런 배경 탓에 통곡하는 호아의 우는 모습이 도드라지는 효과를 발했다.

렌즈로 촬영한 동굴을 의사가 모니터에 확대했다. 하제로 청소해 낸 대장에 붉은 주름이 잡혔다. 배설물이 지나는 대장이라는 선입감이 없다면 코스모스가 핀 아름다운 꽃길이다. 끼니마다 먹고 마신 것이 붉은 주름을 통과하며 더러운 생명이 되었고 배설되었다. "종양을 두 개나 제거했습니다." 처마에 매달린 벌집같이 대롱대롱한 종양을 보여주고 제거된 상처도 보여주었다. "악성 여부는 일주일 후에 알 수 있습니다. 스트레스를 받는 것은 대장 내벽에 악성 종양 덩어리를 재배하는 것과 같습니다." 좀처럼 없어지지 않는 얼굴의 기미를 바라보며 의사가 마침표를 찍지 못하고 머뭇거렸다. "산부인과 진료를 받아보세요."

부재중 전화가 아홉 번 찍혔다. 수면 내시경 중에 언니는 호아의 죽음을 알리려 아홉 번이나 통화를 시도했다. 언니는 기억의 오류를 범했다. 아홉 번의 부재중 통화로 호아의 죽음을 세세하게 전달했다고 스스로 믿었다.

"호아가 죽었다."

언니가 그렇게 말했는데.

"햇빛이 싫다."

중얼거렸다.

"자외선 차단 크림은 바르지 마."

언니가 했던 말이 후렴으로 들렸다.

"피부가 뽀얀 사람이나 바르는 거야."

출구 계단을 내려오는데 햇빛이 동공을 후볐다. 징을 쇠망치로 때리는 환청. 고개를 급히 꺾었다. 목덜미에 통증이 욱신거렸다. 마취에서 깬 몸이 낯설었다. 수분이 증발한 열매를 매단 나무처럼 몸이 푸석푸석했다.

엄마는 호아의 이름으로 베트남에서 성년이 되었다. 아빠를 만나서 장미화로 개명하였다. 한국에서 삼십일 년 살아 쉰한 살. 어제 생을 마감했다. 이름이 장미화로 된 것은 베트남어로 호아가 꽃이기 때문이라고 아빠가 말했다. 호아는 장미과에 속하는 해당화를 좋아했다. 아빠가 심어놓은 해당화가 봄부터 여름까지 담벼락에 발갛게 피었다. 호아는 나팔꽃처럼 오목하게 예뻤다. 피부가 가무스레했지만, 눈이 도드라졌다. 봉긋한 이마가 빚은 얼굴 윤곽선이 방금 뽑아낸 달걀처럼 따끈하고 매끄러웠다.

언니로부터 또 전화가 왔다.

아빠와 연락이 닿지 않는다며. 남은 평생도 여자의 등이나 뜯어

먹을 아빠의 연락처를 알고 있는지 물었다. 허리가 휘청 꺾이며 아랫배가 아릿했다. 언니에게 알려주지 않은 아빠의 연락처로 전화했다.

"엄마가 돌아가셨대요."

언니로부터 전해 온 말을 옮겼다.

"승용차에 쳤다니? 트럭에 깔렸다니?"

아빠가 다짜고짜 물었다. 이른 다섯 살의 음색으로 아무리 카랑카랑하게 목청을 뽑아도 노쇠함을 위장할 수 없었다. 갑자기 돌아가실 만큼 호아는 허약하지도, 병을 앓지도 않았다. 아빠의 씨근덕거리는 숨소리가 들렸다. 아빠의 목에서 가래가 갸릉갸릉 끓었다. 호흡도 불규칙했다.

"몰라요."

짧게 대답했다.

"춘영이 전화했었니?"

아빠는 언니가 엄마의 죽음을 알려왔다고 믿었다. 언니는 음력 삼월에 태어났다. 봄은 무엇보다 꽃망울이 예쁘다며 봄 춘에 꽃부리 영의 한자를 붙여 춘영이라고 아빠가 이름 지었다. 그런 아빠는 언니가 꽃대를 내밀기도 전에 다른 여자의 남편이 되었다. 자라면서 그런 사실을 알게 되었을 때 다른 여자아이의 아빠가 되었다. 나중에 안 사실이지만 아이는 여자의 전남편 딸이었다.

호아의 죽음이 있는 대전으로 곧장 갈까. 코시안 타운 좌판으로 가야 할까. 생각의 갈림길에서 잠깐 주춤거렸다.

내시경이 헤집은 대장에 까슬까슬한 이물감이 생겼다. 항문에서 치골로 통증이 옮겨왔다. 렌즈의 삽입으로 들어간 공기가 방귀로 비실비실 나왔다.

코시안 타운에서 살겠다고 말했을 때 언니는 극구 반대했다. 불법체류 외국인 노동자의 부녀자 대상 범죄가 득시글거리는 곳으로 가야 하는 이유를 알 수 없다며 눈물을 글썽였다.

언니와 통화를 시도했다. 호아의 죽음을 살아있는 사람들에게 퍼뜨리고 있는 것일까. 통화 중 신호를 들으며 아릿한 하체를 손으로 문질렀다.

무릎이 꺾이며 하늘이 기우뚱 흔들렸다. 발신 버튼을 누르고 전봇대에 어깨를 기댔다. 호아의 죽음을 알아야 하는 사람은 많지 않았다. 후앙과 통화 중일 것이라는 생각이 들었다. 후앙이 호아의 죽음을 애도하러 올 것이란 확신은 강했다. 아빠는 애도의 마음은 없을지라도 자매가 감당하기에는 버거운 장례식장에 나타날 것이라 믿었다. 아빠에 대한 믿음의 근거는 뚜렷하지 않았다. 호아에게 후앙이 왔을 때 나는 열다섯 살이었다. 아빠와의 시간이 후앙과의 시간보다 길었다. 아빠가 올 것이라며 막연한 믿음을 자의적으로 만들었다.

아빠는 사십 대 징검돌에서 위태롭게 흔들리는 중이었다. 가족 없이 삼십 대와 사십 대를 건너는 것은 캄캄하고 음습하며 출구가 보이지 않는 터널을 걷고 있는 것과 다름없었다.

육순의 몸에나 찾아오는 고혈압과 당뇨를 누더기로 걸치고 있었다. 게다가 우울증이 아빠의 심신을 야금야금 갉았다. 겉보기에 직립보행이 가능한 육신 멀쩡한 장년이었지만 절름발이 보다 더한 장애를 품고 있었다. 그런 아빠에게 호아가 왔다.

후앙은 아빠가 떠나기 전에 호아에게 와있었다. 코시안 타운에 기거하면서 호아의 근처에 서성거렸다. 호아에게 아빠와 후앙의 두 남자가 공존하는 시기가 있었다. 사춘기의 두 딸이 용납하기 힘든 가족관계였다. 부끄럽고 어색한 상황이 담을 넘어 고구마 덩굴처럼 파릇파릇한 소문의 싹을 키웠다.

마을로 들어오는 길에 소풍 가는 아이처럼 방긋한 코스모스가 집 담벼락 밑에도 피었다. 꽃잎이 얇아 햇살에 닿으면 켜놓은 등 불처럼 예뻤다. 붉은 꽃잎이 어쩜 청순하냐며 호아가 말했다. 여린 바람에도 몸을 흔드는 마음씨 때문에 예쁜 것이라고 언니가 대답했다. 꽃은 원래 예쁜 것이라고 내가 투박하게 덧붙였다. 저녁에 집으로 돌아오던 아빠가 코스모스를 뽑았다. 담벼락은 꽃이 있어야 할 자리가 아니라고 행위를 정당화했지만, 마을 진입로를 지나온 노을이 끝물로 여무는 꽃잎이 지나치게 화려했다. 마음을 훔칠 정도로 요사스러워진 것에 시선을 두고 있는 호아와 후앙이 아빠의 눈에 들어왔고 코스모스가 뿌리째 뽑혔다.

코스모스는 원래 빨강이어야 옳은 것이다.

공교롭게도 아빠의 손아귀에 잡힌 코스모스는 분홍과 하양의 꽃을 동시에 피웠다. 잡종은 뿌리를 뽑아야 해. 빨갛지 못한 꽃잎이 너무 여렸다. 우악스럽게 뽑지 않아도 서리 한 닢에 떨어질 꽃이었다. 코스모스가 뽑힌 담벼락에서 언니와 서성거렸다.

막바지 붉은 노을이 뜰에 깔렸다. 검정 숯덩이에 이글이글 타는 불처럼 팔뚝에 노을이 닿았다. "햇빛이 싫어." 언니가 발등이 드러난 슬리퍼로 코스모스가 뽑힌 흙을 자근자근 밟았다. 노을이 언니의 발등을 흙보다 더 검게 물들였다.

바람에 허리를 흔들 줄 아는 코스모스. 당시 열여섯 살의 언니. 가을밤 고통과 수치심으로 허리를 기역 자로 꺾고 몸통을 흔들어 울던 그즈음.

아빠가 떠나고 후앙이 호아의 남편으로 들어왔다. 후앙이 무릎을 꿇고 자매를 포옹했다. 자매는 이국인의 가슴에 안겼어도 살갑게 웃지 않았다. 잡힌 손목을 놓아주기 바라면서 먼 곳을 보았다. 입술과 눈자위가 가뭇한 후앙의 피부와 맞닿을 수 없었다.

밤마다 언니의 고통을 고스란히 목격한 나는 숨을 낮추었다. 코를 적신 눈물이 베개를 적셨다. 그러다 언니가 잠들면서 기역 자로 굽은 몸이 펴지면 경직된 슬픔이 푸시시 빠져나갔다.

그제 들여놓은 대구를 오늘마저 팔아야 했다. 소금물을 분사하여 눈알이 함몰되는 것을 위장하고 어제를 견뎠다. 팔다 남은 여섯 마리를 오늘 팔아야 했다. 꽁치나 고등어가 여섯 마리 남았다면 굳이 어시장으로 돌아갈 생각이 없을 터였다. 대구 한 마리가 꽁치 한 상자 값이니 값을 낮추어서라도 팔아야 했다. "산부인과 진료를 받아 보세요." 말의 끝점을 찍지 못하고 머뭇거리다 던진 의사의 말이 목에 걸렸다.

타운의 어시장 좌판을 할 수 있음은 후앙의 도움이 컸다. 후앙은 타운에 살거나 숨어있는 베트남 외국인 노동자 모임의 리더였다. 다수가 불법체류 신분이기 때문에 공권력으로부터 도피 상태를 유지하는 이들은 국적이 다르더라도 리더를 건드리지 않는 나름의 규칙을 만들었다. 내가 늘어놓은 생선 좌판에 시비 거는 노동자는 없었다.

언니의 반대를 거스른 선택에 후회가 왔다. 토막 난 시체가 공중화장실에서 발견되어 타운이 술렁였다. 용의자가 중국인이라는 소문이 돌자 곧바로 범인이 검거되었다. 그는 아파트 뒷길에서 스물네 살 여자의 머리를 둔기로 때려 숨지게 하였고, 주유소 앞길에서 새벽 기도를 다녀오는 사십 대 여자를 둔기로 살해했다. 좌판에 종일 앉아있으면서 장 보러 온 여인에게 집적거리는 외국인이 하루에도 몇 차례 목격되었다.

타운을 벗어나는 외진 가을 길섶에서 열세 살 소녀의 옷 벗겨진 죽음이 만개한 코스모스 더미에 버려진 사건이 터졌다. 바람에 살랑거리던 코스모스꽃이 소녀의 몸에 고분고분 누웠더라는 목격담이 장터에 소란하였으나 잠깐이었다.

동거녀의 어린 딸을 강간한 스리랑카 노동자가 장터에서 끌려나갔고, 지적장애 소녀를 윤간한 파키스탄 노동자 두 명이 추방되었다는 소문이 소녀와 코스모스 목격담을 덮었다.

바람 한 점 없는 한낮의 빛은 한곳에 머물지 못했다.

맥없이 앉은 사람을 골라 움켜쥐려 으르렁거렸다. 벼린 칼날을 휘젓는 광기 어린 빛의 착지는 병약한 자의 눈동자였다. 동공으로 들어온 빛이 미세한 방울로 산란하여 **뼛속**으로 전이되었다. 빛에 침범당한 눈은 고통의 시작점이었다.

뻑뻑해진 눈으로 감았다 뜨기를 반복하면 세상도 닫히고 열렸다. 좌판 골목으로 들어오는 사람이 눈에 띄게 줄었다. 좌판에서 조는 횟수가 늘어났다. 졸다가 눈 뜨면 생선은 더 짓물러졌고 좀 전에 들어왔던 사람도 유령처럼 없어졌다. 어시장의 빛은 구매 의사가 전혀 없을뿐더러 맥없이 앉아서 조는 사람의 생선만 골라 달려들었다. 땡볕에 몸을 잡히면 사람까지 시름시름 생기를 잃었다.

엊저녁에 저녁을 굶고 병원에서 준 하제를 반쯤 마셨을 때 호아가 전화했다. 아홉 시였다. 변기에 앉아 싯누런 물을 좌르륵 쏟아냈다. 의식이 야금야금 혼미해졌다.

아빠와 연락이 닿고 있는지 물었다. 팔다 남은 대구와 항문으로 들어올 내시경 렌즈 생각이 뒤섞였다. 누런 배설물을 또 쏟으며 호아의 물음에 대답할 기운이 없었다. 검사가 끝나면 통화하자고 말했다. 그게 엄마와 마지막이었다.

어시장으로 노랑 옷 선거운동원이 들어왔다. 지금의 정권이 들어서고 사는 것이 좋아졌습니까? 후보가 손을 내밀었고 고등어를 손질하던 손이 덥석 잡았다. 수행원이 재빨리 수건을 내밀었고 후보가 손을 닦았다.

"제기랄. 정권이 열 번을 바뀌어 봐라. 시장바닥에서 세상살이 좋아지는 놈 있기나 하려나?"

윤간당한 지적장애 소녀 아버지 박 씨가 소리를 버럭 질렀다. 웃음을 잃지 않으려는 후보의 얼굴에 경련이 일었다.

머리칼이 희끗희끗한 할멈이 기분 좋게도 대구를 세 마리나 샀다. 할멈은 영감을 생각해서 한 마리를 사려고 했다.

공장에서 손가락이 절단된 필리핀 사위를 몰라라 할 수 없었고. 노부모와 병든 남편을 수발하려 이른 새벽부터 자정까지 식당에서 설거지해야 하는 딸이 불쌍하다며 눈물을 훔쳤다. 크기로 보아 한 마리면 네 명이 넉넉지는 않아도 끼니의 찬으로는 족했다. 굳이 세 마리 값을 내주는 것으로 보아 서로 떨어져 살고 있을 것이라는 생각을 갖게 했다. 세 마리나 팔았지만 뒷맛이 유쾌하지 못했다.

한 무리의 선거운동원이 또 시장으로 들어왔다.

바지랑대로 올려진 줄에서 주홍빛 홑청이 너풀거리듯 시장이 무리에 휩쓸렸다. 비린내가 묻은 손을 잡고서 강남 부자처럼 잘살게 하겠다고 말했다.

"아무리 팔아도 너희들 시장 사람은 생선처럼 썩어가는 이방인이야. 어제 부패한 비린내가 진동하잖아."

그렇게 들렸다.

"차라리 축구 시합해. 월드컵 경기장에 모여서 친북 좌파랑 보수 꼴통이랑 남북 축구 시합을 해. 승부가 나지 않으면 승부차기해서 시장을 뽑아. 어차피 누가 되든 이 골목에다 씨부렁거린 말 지킨 놈 없었으니."

박 씨는 파랑 색깔도 주홍 색깔도 아니었다. 생선 냄새와 채소 녹은 냄새로 노쇠한 주변인이었다. 선거마다 웃음을 칠칠 흘리며 찾아오는 운동원은 이방인이었다. 사 년 혹은 보궐선거마다 갑자기 유에프오를 타고 온 점령군처럼 낯설었다. 바닥을 훑고 가는 저인망처럼 선거운동원이 쓸고 간 시장이 텅 비었다. 팔지 못한 대구 두 마리는 냉동실에 넣어야 했다.

맵찬 바람이 간간이 불고. 나무는 다행히 잎을 모두 떨구었으므로 바람에 아랑곳하지 않아도 되는 낯섦. 마른 풀이 허리를 눕혀 이웃한 것들과 간단히 관계를 끊어버릴 수 있는 벌판. 겨울 호수처럼 한산한 빈소에 호아의 영정이 놓였다.

낯선 남자와 여자가 불안한 눈초리로 서성거렸다. 부부로 보이는 낯선 이는 호아를 오십 대의 징검돌에서 강제로 실족시킨 가해자였다.

상복의 아빠와 잿빛 점퍼의 후앙이 이미 와있었다.

두 사람 모두 법적으로 또는 사실적으로 호아의 남편이었다. 일흔다섯 살의 아빠와 쉰다섯 살의 후앙. 상복을 모두 입을 수는 없다고 판단한 것일까. 아빠가 언니 곁에서 조문객 맞을 자세를 취했다.

문상객의 피부를 보아서는 후앙과 언니와 내가 이방인이었다. 빈소 영정의 피부를 보아서는 아빠가 경계선 밖이었다. 후앙이 뜸한 조문객을 빈소로 안내하였고, 아빠와 언니가 조문받았다. 피부색이 다른 부녀의 시선이 중첩되지 않고 겉돌았다. 강바닥을 굴러온 자갈처럼 동글동글 부딪히지 않으며 엄숙한 표정을 지었다.

"넌 조문객이 아니라 상주야."

언니가 옆구리를 주먹으로 짓누르고 빈소로 나를 불렀다. 코스모스 꽃길로 아름답게 주름진 대장에 아직 음식물을 넣지 않았다.

심재가 썩은 나무처럼 몸이 자꾸 꺾였다.

담벼락 코스모스가 뽑힌 날 칠흑의 밤. 잡종은 뽑아버려야 해. 분홍과 하양 꽃의 코스모스를 우악스럽게 뽑은 아빠가 돌아오지 않았다. 호아를 바라보는 후앙의 표정이 서먹서먹해졌다. 호아가 캄캄한 마당으로 언니를 불렀다.

"아빠를 미워하거나 원망하지 마라."

언니는 호아를 바라보지 않았다. 어둠의 입자인지 살갗인지 분간이 안 되는 팔뚝을 꼬집었다. 후앙이 가까이 오자 언니의 눈빛이 새까맣게 으르렁거렸다.

"후앙도 미워하거나 원망해서는 안 된다."

언니가 호아를 날카롭게 쳐다봤다.

"원망해야 할 사람은 엄마다."

언니의 시선에 찔린 호아가 쇳소리를 토했다. 언니는 호아에게
더 으르렁거리지 못하고 밖으로 나갔다. 호아가 따라 나갔다. 언니
는 코스모스가 뽑힌 담벼락에 기대서 자르르 깔린 별에 으르렁거
리던 눈빛을 던졌다. 호아가 언니의 손을 잡았다.

"너를 키워준 아빠에게도, 너를 낳아준 후앙에게도 엄마가 죄인
이다."

언니가 호아의 손을 뿌리쳤다.

호아와 마당에 서있는 후앙을 번갈아 바라보는 언니의 시선이 더
날카롭게 으르렁거렸다. 호아 앞에서 꾸역꾸역 되삼키며 뱉지 못한,
죽을 때까지 그들을 증오하며 살겠다고 잠자리에서 내게 말했다.

기역 자로 허리를 꺾고 잠을 청한 언니의 몸이 시위 끊어진 활처
럼 누그러졌다. 으르렁거리던 맹수가 잠이 든 것이었다. 골물이 웅
덩이로 들어와 조용하게 맴돌듯 숨소리가 아늑했다. 어둠을 닦아
내고 표정을 보았다면 속 깊은 웃음이 얼굴에 슬쩍 비쳤을 터였다.

고통이 잠깐 끊어진 숨소리가 주는 평화로움이랄까.

캄캄한 밤이 고요했다. 후앙이 밖으로 나가는 기척이 들렸다.

타운의 괴괴하고 깊은 밤은 생선 비린내 천지였다.

좌판을 접으면서 부패의 조짐이 감도는 생선을 골라 반찬으로 만들었다. 저녁을 먹고 나면 숨 막히는 밤이 밀려오고 생선 비린내가 활활 날아다녔다. 익은 세균이 트림으로 올라왔다.

자정의 적막을 깨고 침입자가 방으로 들어왔다. 파키스탄 노동자의 리더였다. 베트남 노동자의 리더인 후앙이 타운에 없음을 알고 왔으며, 방문을 열고 들어와 손바닥으로 잠든 내 입을 틀어막고 하의를 벗기는 동작이 느긋하고 여유로웠다. 움직이는 피부에서 빛이 검게 반사되었다. 침입자의 눈동자가 반들거리는 순간 허리를 칼로 가르는 통증이 왔다. 침입자는 새벽까지 내 몸을 열고 스리랑카 특유의 냄새를 주입했다.

어둠에서 두 마리의 검은 짐승이 얽히고설켰다. 새벽 기운이 어스름 감돌고서야 침입자가 돌아갔다. 캄캄하고 긴 시간 찢기던 몸으로 잠이 와락 들어찼다. 정오에 깨어나 방문을 걸어 잠그고 대야에 물을 담았다.

대야에 쪼그려 앉았다. 오줌이 찔끔찔끔 대야로 떨어졌다. 손바닥으로 물을 적시자 쓰렸다. 가을 외진 길섶에서 코스모스 꽃잎처럼 너덜너덜 찢어진 소녀의 죽음이 떠올랐다. 발설하면 후앙은 시체로 베트남행 수화물이 될 것이다. 침입자는 수시로 스쳐 지나가며 윽박질렀다. 서툰 발음의 협박이 결코 도려낼 수 없는 이물질로 응어리가 되었다.

　아빠도 없고 후앙도 없는 호아의 소란한 뒤척임.

　괴괴한 고요의 웅덩이에 몸을 한껏 적신 나는 잠에 빠진 시늉으로 귀를 곤두세웠다. 안방에 든 호아의 얕은 숨소리는 물론 옮겨 짚는 손바닥의 마찰음까지 온전하게 들렸다. 대문에 깔린 어둠을 눈짓으로 비질하며 시간의 징검다리를 건너고 있음이 눈에 선했다.

　외발로 선 고양이의 시선으로 귀를 세우고 누군가의 귀가를 기다렸다. 대문에서 발소리가 들렸다. 팍팍한 디딤과 천천히 끌려와 미끄러지듯 딛는 발소리로 보아 술을 마셨음이 분명했다. 호아가 마루로 나왔다. 크윽 술 트림 소리가 들렸다. 옆에 몸을 웅크려 앉는 호아의 부스럭거림에 이어 도란거리는 소리가 들렸다. 어둠에 흠씬 맞은 나무처럼 마루에서의 움직임이 극도로 절제되었다.

　나는 잠에 빠진 시늉으로 귀를 곤두세웠다.

　"그 사람 만났어요?"

　베트남 억양을 떨치지 못한 서툰 발음으로 후앙을 만났는지 호아가 물었다. 아빠가 긴 한숨을 토했다.

　"미안하네."

　처마 고랑에 똑똑 떨어지는 낙숫물처럼 나지막하고도 분명한 음색으로 아빠가 말했다. 호아가 대답하지 않았다. 단지 코스모스를 뽑아서 미안한 것일까. 궁금증이 서릿발로 우두둑 돋았다.

"같이 술 마셨어요?"

컴컴한 허공으로 시선을 길게 빼는 호아의 모습이 상상되었다. 후앙이 아빠와 만났구나. 나는 베개에다 날숨을 가늘게 쏟았다.

발설하면 후앙은 시체로 베트남행 수화물이 될 것이다. 침입자는 윽박질러 놓은 것이 버티고 있는지 확인하러 왔다. 과일 봉지를 주며 씽긋 웃고 스쳐 지나간 날 자정에 방문을 열고 들어왔다. 후앙이 타운에 없는 날이며 아득한 새벽까지 침입자는 오만과 탐욕으로 쾌락을 독점했다.

가을 초등학교 육 교시 수업이 끝나고 텅 빈 학교에 남았다.

셋이 숨바꼭질하였다. 피부가 다르다고 놀리던 아이가 놀이에 끼워주었다. 둘이 숨기 위해서 술래가 필요했다. 내가 먼저 술래를 자처했다. 그러다가 여자아이가 술래로 뽑혔다. 남자아이와 뒤뜰 꽃밭에 숨었다. 햇살이 꽃향기와 고요를 콩닥콩닥 버무렸다. 몸이 나른해지고 졸음이 왔다. 까닥까닥 조는 가슴을 남자아이가 만졌다. 눈자위와 입술까지 가뭇하다고 멸시하던 아이였다. 몽롱하기도 하였거니와 꽃잎을 뚫고 온 햇빛이 동공을 뚫고 있었으므로 손을 거두어 내지 않았다. 술래는 우리를 찾지 못하였다.

아이의 엄마가 꽃밭에 무릎을 맞대고 쪼그려 앉은 우리를 발견했다. 아이의 손목을 잡은 엄마의 멸시를 받고도 콩닥콩닥 버무려지던 향기가 뭉글뭉글 흩어지던 그 시점의 마음 자락을 잊지 못했기 때문일까. 침입자를 거부하지 못했다. 과일 봉지를 받는 날에는 방에서 과도와 가위를 숨겨놓았다.

침입자가 격하게 움직일 때 코를 큼큼거리는 습관이 생겼다.

익숙한 듯 낯선 냄새에 고개를 한껏 젖혔다. 달거나 시큼한 과일 향은 나지 않았다. 꼬박 밤을 새우면서 생시와 꿈의 담벼락이 허물어졌다. 생사에서도 꿈에서도 증발하는 순간이 있었다. 새벽녘에는 상처에서 솟는 생피 냄새와 작달비에 여린 꽃잎이 무참하게 찢어지는 비릿함이 섞였다.

방문이 잦아지면서 침입자가 돌아가도 잠에 빠져들지 않았다. 대야에 담은 물로 너덜너덜해진 코스모스 꽃잎을 씻는 것은 멈추지 않았다. 생선을 먹지 않았다. 팔다 남은 생선에 부패 조짐이 있으면 그냥 버렸다. 생선을 먹지 않았는데 침입자가 왔다 간 날은 부패한 세균이 트림으로 올라왔다. 정오의 도마에 얹은 고등어 머리를 칼로 내리치다가 우엑 헛구역질이 쏟아졌다.

후앙이 저녁상을 차렸다.

처음으로 시계를 보았고 밖이 벌써 어두워졌음을 알았다. 우리
가 밥 먹는 동안 후앙은 호아 영정 가까이서 서성거렸다. 맹수로부
터 가족의 식사를 책임지는 수컷 하이에나였다.

내시경이 후빈 대장에 거친 음식을 넣을 수 없었다. 밥을 생수
에 풀어 더듬더듬 먹는 내게서 후앙이 안쓰러운 표정을 거두지 못
했다. 아빠가 소주로 씁쓸한 심정을 적셨다.

후앙이 걸어와 아빠의 잔에 소주를 부었다. 아빠도 후앙에게 소
주를 권했다. 후앙이 언니를 바라보았다. 언니가 희미하게 웃었다.
후앙도 자리에 앉았다.

그러고 보니 호아의 죽음에 눈물 한 방울 흘리지 않았다. 불쌍
하다는 생각은 있어도 서글픈 마음이 없다. 언니도 그렇고 두 남
자도 울었다는 흔적을 얼굴에서 찾을 수 없다.

누구 한 사람 울어주지 않는 죽음. 어버이날 붉은 카네이션 말고
는 받아본 적이 없는 호아가 국화 흰 꽃송이 수두룩한 가운데 놓
였다.

이국의 땅에서 살아서일까. 삶의 욕심이라고는 낱알도 없는 시
선. 고국을 그리워하는 서글픔도 없다. 잔바람에 일렁이는 물결처
럼 엷은 웃음이 번졌어도 기쁨의 빛깔이 없다.

호아는 죽음에 울어줄 사람이 없다는 것을 이승에서 이미 알고

살아온 것일까.

호아가 살면서 찍었던 사진들을 찬찬히 떠올려도 크게 웃는 모습이 없었다. 누구와 찍든 똑같은 표정이었다. 다만 해당화가 만개한 담벼락을 배경으로 언니와 나를 앞에 나란히 두고 찍은 사진에서 희미하게 웃었다.

무리의 문상객이 들어왔다.

언니가 바빠졌다. 언니의 교인들이 왔다. 찬송가를 부르고 기도문을 합창했다. 너나없이 성경책을 펴들었다. 죽은 자의 영정 앞에서 손금을 펴고 자신의 남은 운명을 계산하는 모습과 흡사했다.

갑자기 속이 메스꺼웠다. 저녁에 먹은 것들이 속에서 뒤틀렸다. 화장실로 가서 헛구역질을 토했다. 호아는 독실한 불교 신자였다. 한 집에서 여러 귀신을 숭배하면 죽는 순간이 평탄하지 않을 것이라고 언니를 야단쳤다. 찬송가를 부르는 시선이 영정의 갇힌 검은 눈자위와 언니의 눈자위로 오갔다.

피부가 가무잡잡해서 눈동자가 젊은 영정 속 쉰한 살의 호아. 당뇨와 고혈압을 삶의 누더기로 입은 일흔다섯 살의 아빠. 저승으로의 문턱을 먼저 넘어야 할 순서가 바뀌었음이 누가 보아도 확연했다.

코스모스 갓길로의 으슥한 걸음이듯 사자를 추도하는 예배가 하늘에 닿은 고갯길을 올라가는 숨소리로 들렸다. 유족의 울음이 없으므로 빈소인지 예배당인지 모호했다.

입관을 위해 죽은 자에게 마지막 치장의 시간이 왔다. 아빠가 빈소에 남았고, 후앙과 언니와 함께 호아의 마지막을 지켜보았다.

쉰한 살. 다음 달 열이렛날이 생일이다. 좁고 동그란 이마 위 머리가 광목천으로 쌓였다. 함몰된 흔적도 보였다. 머리의 상처보다 부러진 갈비뼈가 직접적인 사인이었다. 심장을 보호해야 할 갈비뼈가 충돌의 충격으로 부러지면서 심장을 찔렀다.

거뭇하고 탱글탱글한 어깨. 갸름한 턱선. 동글 복스러운 입술. 획을 그은 듯 뚜렷한 눈썹. 눈을 감고 입을 다문 호아는 죽어서 더 예뻤다.

자정이 넘었다.

사죄한답시고 맴도는 모습이 외려 귀찮은 가해자 부부가 돌아갔다. 장례식장 직원이 가끔 문에 나타나서 기웃거렸다.

자정이 넘어서 조문객이 없는 것이 아니라 더 올 사람이 없다. 내일 날이 밝는다 하더라도 올 사람 없다. 타운에서 나를 아는 사람은 있지만 호아를 본 사람은 많지 않았다. 호아의 죽음을 아는 사람 없다.

산 사람도 휴식을 취해야 할 시간이 되었다. 후앙이 빈소 오른쪽 벽으로 누웠다. 아빠는 보이지 않았다. 언니도 벽에 등을 기대고 눈을 감았다. 호아의 얘기를 귀담아듣는 자세로 빈소 가운데 앉았다. 눈은 마주치지 않았다. 시선이 동시에 한곳에 닿는 순간을 의도적으로 외면했다. 호아의 영정에 닿는 순간은 예외였다. 언니가 맥을 놓고 있을 때 둘의 시선이 호아의 영정에 동시에 닿았다. 시선이 영정에 동시에 닿는 순간 생각은 각각 무엇일까. 내일 장례 절차를 알아본다고 후앙이 빈소에서 나갔다.

"내가 가야 할 길을 네 엄마가 먼저 갔구나."

아빠가 말을 끊었다. 언니의 거멓고 오목한 눈이 붕어 입처럼 벌룽거렸다.

"너희 둘은 내 딸이다. 물론 죽은 사람도 내 마누라고."

형광에 파르스름하게 거먼 언니의 손을 아빠가 쥐었다. 언니는 아빠에게 잡힌 손보다 더 거먼 눈자위로 영정을 바라보다 아예 눈을 감았다.

그날 호아가 보는 앞에서 아빠는 코스모스를 뽑았고 언니 가슴에 쐐기가 박혔다. 응고되는 묵처럼 탱탱하고 유연할 줄 알았던 의식에 균열이 생겼다. 인연이 얽힌 자들의 존재를 슬그머니 놓아버리고 싶은 충동을 그날 이후로 느꼈는데 충동의 강도나 횟수는 언니에 비하면 하찮은 것이었다.

호아가 한국에 온 지 이 년이 되어 베트남에 다녀왔다. 아빠는 동행하지 않았다. 언니를 낳았다. 또 호아 혼자 베트남에 갔었고 내가 태어났다. 후앙이 호아에게 왔고 우리는 살갗이 왜 검어야 하는지 이유를 의심하기 시작했다.

아빠가 후앙을 불러와 손목을 쥐었다. 아빠의 손등에 검은 반점이 어지럽게 놓였다.

"이제부터라도 아빠라고 불러라."

후앙의 손을 우리에게 내밀었다. 언니도 나도 후앙의 살비듬이 거뭇게 반들거리는 손을 잡지 않았다.

불임의 몸으로 호아를 맞이하고 언니와 나를 딸로 받아들여야 했던 가슴. 아빠가 새까맣게 그을린 아궁이 언저리처럼 어줍게 웃으며 악수를 청했다.

생각의 영역을 아무리 넓혀도 두 남자는 분명한 색깔의 소유자가 아니었다. 주발에서 튕겨 나온 곡물처럼 소외된 자였다. 세상이란 둥지에 온전하게 안착하지 못한 두 남자의 손이 비로소 맞닿았다.

바람은 늘 불안을 몰고 온다는 떨치지 못하는 서툰 믿음.

바람에 떠밀려 어디론가 행방이 묘연해지는 차들이 어망에서 벗어난 물고기처럼 속도를 냈다. 화장장은 한가롭지 않았다. 죽은 자를 소멸하는 산자의 슬픔이 줄을 지었다.

호아의 죽음에 아무도 눈물 흘리지 않았다. 슬픔은 고사하고

서먹서먹했던 심정이 말끔하게 불살라지기를 기다렸다. 거멓게 노출되었던 이국의 흔적이 말끔히 산화되기를 느긋하게 지켜보았다. 숯덩이에 붙는 불씨처럼 차츰 살아난 불이 팔게 타올랐다.

바람이 불었다. 땅을 스쳐 다니는 바람이 아니었다. 분출하는 용암처럼 하늘로 솟구쳐 올랐다. 대지로 생명의 선을 늘이던 햇빛이 돌연 사라졌다. 유리창이 덜컹덜컹 울었다.

병원에서 전화가 왔다.

조직검사 결과가 나왔으니, 하루라도 빨리 병원에 오란다. 하루라도 빨리? 검은 피부지만 코스모스 꽃길처럼 아름답고 황홀한 동굴. 대장에서 악성 이물질이 발견된 것일까. 바람이 멈추고 햇빛이 나타났다. 곱게 빻은 가루로 호아가 소멸했다. 후앙과 아빠, 언니와 나를 삶의 바퀴에서 이탈되지 않도록 버텨온 구심점이 영정에서 엷게 웃었다.

각자의 길로 돌아가는 시간이 되었다. 호아의 유골함을 안고서야 화장터 비탈길에 코스모스가 줄지어 피었음을 보았다. 한 사람의 존재를 막 지운 시선들이 코스모스에 닿았다. 바람이 불지 않았는데 코스모스가 흔들렸다.

장의 버스가 들어오고 영정이 내렸다. 영정 사진은 교복의 앳된 소녀였다. 코스모스를 배경으로 입술과 볼에 분홍빛 생기가 맴도는 소녀가 영정으로 걸어왔다. 소녀는 진청색 덧옷에 하얀 블라우스 교복을 입었고 가는 목줄에 이름표를 매달았다.

누릇누릇한 낙엽이 뒹구는 교정 벤치에서 포즈를 잡은 소녀의 말똥한 시선과 맞닥뜨리는 순간. 목덜미로 뭔가 따끔하게 닿는 감각이 왔다. 호아의 유골함을 본 소녀의 엄마가 자지러지며 바닥에 쓰러졌다. 곁에서 부축하였으나 소녀의 이름을 부르며 울부짖었다. 소녀의 분홍빛 볼이 엷은 미소를 띠고 있었다.

우리는 갑자기 갈 곳이 없어진 사람처럼 서로를 바라보았다.

언니가 해쓱하게 웃었다. 후앙이 아빠에게 손을 내밀었다. 잠깐 머쓱하던 두 남자가 오래된 친구처럼 악수했다. 부르튼 입술로 무슨 말을 할 듯 쭈물대는 언니의 해쓱한 웃음이 허공에서 흩어졌다.

두 남자가 등지고 걸어갔다.

두 남자가 멀어지는 중간 지점에서 언니도 나도 끝내 울지도 웃지도 않았다. "햇빛이 싫어." 언니가 중얼거렸다. 햇빛이 닿는 볼에 거무스레한 돌기가 도드라졌다. 타운으로 돌아가면 자정에 침입자가 틀림없이 찾아올 것이다. 헛구역질이 우엑우엑 올라왔다.

9.

다시 곰소항

스마트 도어락 잠금을 변경하려다 잔잔하게 다스리던 화기가 울컥 돋았다. 주차장으로 내려오면서, 오늘은 어떤 예감도 하지 말자고 다짐했다. 전라북도 부안군 진서면 곰소항에 도착하는 동안은 생각 주머니를 개방하지 않겠다. 어금니를 물었다.

서해안 고속도로 행담도 휴게소에 도착할 때까지 다짐은 성공적으로 수행되었다. 늦은 아침 식사를 위해 식당으로 들어갔다. 늘 그랬지만 무엇을 먹을까로 고민하며 메뉴를 살폈다. 한 끼 식사를 위한 메뉴가 지나치게 많다. 마지막 메뉴에 도달하면 처음의 메뉴가 그새 기억나지 않아 혼란스럽다. 단일 메뉴만 제공하는 식당이 그리워진다. 김밥 한 줄과 라면을 골랐다. 우아하고 맛있는 심정으로 기분으로 선택할 기분이 아니었다.

서울에 두고 온 아파트를 어떻게 할까.

어금니까지 깨물어 동여맨 생각 주머니의 꼬투리가 풀렸다. 김밥을 입에 넣고 라면 국물을 떠먹다가 잠깐 방심한 탓이다. 홍역처럼 열꽃이 발긋발긋 돋았다. 아들 상욱이 전주로, 영신이 곰소항으로 떠나면 비어있을 아파트는 매매든 임대든 처리해야 했다.

"곰소항 가고 있니?"

친정엄마가 전화했다. 엄마에게 곰소항을 고할 사람은 상욱밖에 없다. 성인용 기저귀를 사러 슈퍼로 가는, 혹은 분리수거 봉투를 든, 음지 생물처럼 창백하고 부석부석한 엄마의 얼굴이 상상됐다.

옆에서 아빠의 상태를 묻는 무미건조한 음색이 엄마와 통화음에 들렸다. 분리수거 중일 때 경비원의 진중한 목소리가 들리는 날도 더러 있었다. 슈퍼 주인과 경비원과 혹은 지나치는 행인의 소음이 엄마와의 통화에 종종 섞였다.

여름에서야 엄마의 목소리가 변했다는 것을 알았다. 잦은 통화를 하고도 알아채지 못했다. 곰곰 생각해 볼 것도 없이 작년부터 아니, 그보다 훨씬 이전부터 목에서 겨우 끌어올리는, 의지와 의욕이 바닥난 물기 없는 목소리를 들어왔다.

국밥만 하나의 메뉴로 파는 곰소항 식당에서 점심을 먹어야겠다.

노력한 만큼 얻는다. 가로로 쓴 행서, 그다지 요긴해 보이지 않지만, 읽으면 뜻이 바로 파악되는 보편적이고 당연한 문장이 상욱의 방에 붙었다.

영신은 여느 부모보다 지원과 보살핌이 부족하지 않았음을 자부하며, 헌신에 걸맞은 입시 결과를 얻을 것이라 믿었다. sky 합격을 염원하는 열렬 엄마로서 상욱에게 투자한 금전과 노력은 정량평가든 정성평가든 만점이라고 자부했다. 삶의 방식에서 자신을 접어두고 상욱의 입시에 몰빵했다.

노력한 만큼 얻는다. 세 개의 단어, 간결한 문장의 가르침을 상욱이 간과했다. 영신은 상욱의 간과를 감시하고 바른길로 교정했어야 옳았다. 되돌릴 수 없는 시점에 와서야 허물을 깨달았고, 가슴을 찢는 속앓이로 자책했다.

상욱이 가군 대학에서 떨어지고, 나군의 대학에서 예비 번호를 받긴 했으나 선택되지 못했다. 등록 포기로 인한 추가합격이 모두 끝났어도, 상욱은 서울과 근교의 대학 진학에 최종 실패했다.

노력한 만큼 얻는다. 상욱이 세상살이에서 보편과 당연함의 중요성을 간과한 벌을 단호하게 받는 꼴이 되었다. 상욱 혼자 감당하는 벌이 아니라, 영신도 공범자로 묶여 불면증이 도지고. 울화가 시도 때도 없이 울컥울컥 치솟았다.

상욱은 참혹한 상황을 극복하려는 각오와 뉘우침을 외면했다.

금지되었던 것이 동시에 허용되는 열아홉 살에 도달했다. 술과 유흥과 연애에 쓰나미처럼 함몰되었다. 성인이 누리는 축제를 찾아서 즐겼고, 영신은 정신질환의 약물을 처방받았다.

세상은 보편과 당연함을 가벼이 여기는 자를 반드시 벌한다. 격언을 새로 써서 상욱의 방뿐 아니라, 영신의 방에도 걸어야 할 상황이 되었다. 영신은 회한과 자책으로 잠을 설쳤다.

학교가 끝나면 집이 아니라 학원으로 간다. 공부가 적성에 맞지 않아 예체능 또는 특별한 특기를 살리는 진로를 선택해야 할 아이도 단과 학원으로 수학과 영어를 공부하러 간다. 부모의 자기 욕심에 의한 강요, 학원에 보내 부모의 역할은 다했다는, 그래서 후에 원망 같은 것을 모면하려는, 우리 사회에서 학부모의 의무로 고착된, 자신을 위안하고픈 암묵적인 관습이 되었다. 성적이 낮아졌을 때, 입시에서 곤란을 겪게 되었을 때, 부모의 입장을 공고하게 하려는 일종의 보험이라는 추정도 무리 없이 가능해졌다. 어쨌든 사교육은 입시 과열이 빚은 사회적 병리의 한 축이 되었다.

영신도 사교육에 목매는 부모를 경시하고 모멸감 가득한 눈빛으로 멸시하며 입방아를 놓았다. 입시가 종료되고 자신이 딱 그런 엄마였음을 인정해야 하는 모멸감에 직면했다. 비난하고 불쌍한 부류로 갈랐던 대상이 결과적으로는, 자신이었다는 깨달음에 수치심과 자괴감에 부들부들 떨었다.

상욱이 sky는 고사하고 서울 지역에서 최종 불합격되었다. 지방 사립대학의 예비 번호를 마지막 희망으로 붙들고 있던 차에 합격 문자가 왔다. 그다지 만족스럽지 않으나 최후의 돌파구였다. 지방에서 서울로 기를 쓰고 올라오는 판인데, 상욱은 대학생이 되려면 지방으로 가는 외길이 남았다. 아파트 베란다로 보이는 대학을 바라보면서 영신은 수시로 울음을 울컥 토했다.

입시 실패의 원인을 두고 영신과 상욱의 의견이 갈렸다. 영신은 당장 오늘 해야 할 것을 뒤로 미루는 상욱의 무책임과 근면성 부족을 문제 삼았다. 계획을 세워 실천한 것이 한 번이라도 있었느냐, 네가 꼴딱 떨어진 원인이 얼마든지 더 있으나 말하는 내 심정만 고약해지니 말하지 않겠다. 영신은 말이 길어지면서 짜증이 섞였다. 상욱이 동의하지 않았다. 새옹지마와 대기만성이라며, 이 상황과는 턱도 없는 사자성어로 변명했다.

재수를 제안했다. 장차 오십 년을 위해 일 년의 멈춤은 충분히 선택될 수 있는 가치가 있다며 의중을 물었다. 이대로 물러서기에 억울하고 가슴이 아팠다. 재수하자며 살핀 상욱의 얼굴은 단번에 "싫어."였다. 상욱이 감내해야 할 억울함이 영신만의 몫임이 뚜렷해졌다. 영신은 인내하고 포기해야 그나마 모자 관계가 유지된다고 물러섰다.

정신질환 약물을 복용하는 자신의 건강이 염려되었다. 모자간의 생각이 어긋나는 상황에서 빠르게 이탈해야 한다는 판단에 이르렀다. 돌덩이로 딱딱하게 굳어버린 상욱에 대한 희망과 기대를 허물기로 마음을 고쳐잡았다. 상욱을 위해 포기하고 억제되었던 삶의 빗장을 풀기로 했다. 상욱이 지방대학의 기숙사에 입소할 수 있음이 그나마 다행이었다.

전에 왔었던 풍경과 마주하면 기분이 들떴다. 푸른 바다를 타고 도는 이차선도로에서 질주하는 절경이 처음 본 것도 아니면서 감탄이 나왔다. 곰소만의 간판이나 골목, 도로 안내판과 재회하면 우선 웃었다. 무엇 때문에 감탄하고 웃었는지 굳이 생각하지 않았다. 감탄하는 근거나 이유는 중요하지 않았다. 먹고 자고 구경하며 스쳤던 흔적에 기억이 반응할 뿐이었다.

기억을 한 토막의 누락 없이 재생할 수는 없다. 능력도 없지만 재생하고 싶지도 않다. 갈피에 꽂아두었다가 훗날 페이지를 열람하듯, 선명한 토막으로 재생하면 기쁘든 서럽든 반가운 것이 인지 상정이다. 사람이든 사물이든 재회는, 기억을 선명하게 일깨우는 실마리임을 터득했다.

기쁘고 환영받지 못하는 과거의 흔적도 있다. 다시는 스치지 말았어야 할, 굳이 찾아가서 재회하고 싶지 않은 흔적, 운명이 아닐 바에야 재생하고 싶지 않다. 부안에서 격포를 거쳐 곰소항에 이르는 해안도로를 지날 때가 그렇다.

그렇다고 내키지 않는 과거와의 재회를 회피하지 않는다. 반갑든 내키지 않든 이미 지나간 시간이다. 칼에 베인 상처의 속살이 돋아나는 것처럼. 시간은 치유와 회복을 위한 모종의 역할 수행자다. 시간은 그냥 헛되이 흘러가는 것이 아니다.

남편과의 이혼을 누구에게도 얘기하지 않았다. 영신이 아는 학부모는 상욱의 성적이 오를까 경계할 뿐, 설령 이혼을 낌새챘다면 속으로 쾌재를 불렀을 터였다. 이혼하겠다는 말에 엄마가 영신의 손을 끌어다 쥐고 아무 말도 하지 않았다. 비듬과 마른버짐의 까칠까칠한 손아귀로 꾹 잡았을 뿐, 찬성도 반대도 하지 않았다.

아빠에게도 이혼을 말하려다 그만두었다. 영신의 젊음을 가혹하게 굴절시킨 코마 상태의 아빠, 그저 생물에 불과한 모습이지만 혹시나 듣는 기능이 살아있을지도 모르는데, 굳이 말해서 늦은 자책을 유도하고 싶지 않았다.

이혼에서 남편의 배려가 컸다. 남편은 상당한 급여를 받는 전문직에 종사했다. 아파트의 소유권과 상욱의 양육비를 주겠다고 남편이 먼저 말했고, 영신이 마다했다.

이혼 결심의 근거를 굳이 말하자면, 상욱에 대한 영신의 지나친 집착에 남편의 참을성이 거의 소진되었음을 간파한 것이다. 남편은 좋은 남편이었다. 영신의 귀책을 말로도 표정으로도 드러내지 않았다.

영신이 이혼 요구에 남편은 한 달이나 대답이 없다가, "당신의 삶이 이혼을 요구한다면 그렇게 하자." 담담하게 동의했다. 이혼을 요구하는 영신의 삶이란, 상욱에게의 집착에 방해자가 되지 않겠다는 의미였다.

아빠가 물려준 중심가 사거리 7층 빌딩에서 상욱과의 삶에 부족함이 없는 임대료가 매달 입금되었다. 그런데도 남편은 아파트에 계속 살 수 있도록, 상욱의 양육을 책임지려는 태도를 보였다. 이혼하지 않아도 될 좋은 사람이었다. 부부의 인연을 놓지 않으려는 통화를 계속했고, 상욱을 따로 만나는 일정을 빠짐없이 수행했다. 앞일을 예단하기 어렵지만 아직은 둘 다 재혼하지 않았다.

상욱의 대학 입시 좌절에 남편은 영신에게 책임을 묻거나 책망의 말도 하지 않았다. "당신의 심성을 닮아서 이겨낼 거야." 오히려 영신을 위로했다. 남편의 이혼 수락은 영신을 위한 배려였다.

"아빠는?"

통화마다 영신이 아빠의 상태를 물었다. 코마 상태에서 변화는 죽음의 외길임을 알면서, 이승의 끈을 놓는 시기가 얼마나 남았을까, 점검하듯 반복해서 물었다.

"늘 그래."

엄마도 영신처럼 대답을 앵무새처럼 짧게 반복했다.

아빠가 코마 상태로 누운 지 9년이 되었다. 거실 한쪽의 침대에서 빛과 소리와 고통에 반응하지 못하고, 자신의 의지로 움직이지 못하는 아빠는, 엄마가 곁에 생존해 있어야 코마 상태로라도 살아 있는, 그냥 생물이었다.

아빠를 보러 가는 것의 의미가 점차 흐릿해졌다. 입고갈 옷을 고르면 크레졸 냄새가 콧속으로 왈칵 스몄다. 생명이 인위적으로 연장되는 표정과 눈빛이 9년 전에 고정되었다. 빛을 쬐지 못해 허옇게 탈색된 피부가 탄력이 없다.

"코마 상태로도 늙으시네?"

아빠의 얼굴을 물수건으로 닦는 엄마에게 말했다.

"들으신다."

엄마가 눈을 흘겼다. 아빠의 손을 닦던 수건을 화장실에서 빨면서,

"엄마의 삶을 빼앗는 괴물이 되셨어요."

영신이 엄마가 들어도 괜찮을 크기로 말했다. 괴물이 되셨다는 말을 아빠가 들었을까? 약간의 걱정이 되긴 했다.

"9년 세월이면 족해요. 엄마의 남은 삶을 위해서 그만 가세요. 이제부터라도 엄마를 사랑하신다면…."

코마 상태로 영신의 모진 말을 들을 수 있다 해도, 작년부터 품고 있던 말을 마저 했다.

온전하지 못한 생명으로 멀쩡한 삶을 붙잡고 있지 마세요.

코마 상태인 아빠가 꼭 들어야 한다고 입술을 모질게 깨물었다.

모녀가 주고받는 대화의 폭이 점차 좁아졌다.

아빠 곁에 붙어있어야 하는 엄마의 세상은 티브이, 거실에서 보이는 아파트의 정문으로 이어지는 진입로, 분주한 걸음으로 다녀와야 하는 슈퍼가 주였다. 오늘은 어디에서 무엇을 했는지, 누구를 만나서 무엇을 먹고 무슨 말을 했는지. 엄마에게 물어볼 것들이 생겨날 수 없었다.

통화가 되면 영신이 아빠의 상태를 물었고, 엄마는 상욱이 학교에 잘 적응하고 있는지 물었다. 똑같은 대화가 반복되면서, 영신은 전화해야지 생각하고도 머뭇거리다 빼먹는 날이 늘어났다. 통화가 이틀에 한 번이, 한 달에 두세 번으로 뜸해졌다. 엄마와의 통화가 부담되기 시작했다. 통화하지 않은 기간이 길어지면서 자책하고, 발신 버튼을 누르면서, 같은 말이 반복되는 통화를 언제까지 해야 하는가. 스트레스가 되었다.

"이사…갈 거니?"

분리수거 후 계단을 올라가는 엄마의 숨이 가빠졌다.

"그럴까 해."

영신이 어금니로 잘게 부숴야 할 김밥을 꿀꺽 삼켰다.

"아파트는 어쩌고?"

엄마가 짧게 물었다. 모든 게 귀찮고 의욕도 닳아서, 말도 짧아졌다.

"천천히 생각 좀 해보고."

영신도 짧게 대답했다.

늘 그렇지만 길고 다정하게 주고받을 내용이 없다. 통화 중 침묵이 점차 길어졌다. 마지막 김밥을 입에 넣고 라면 국물을 떠넣었다.

"그 사람 때문에 가는 거…지?"

모처럼 엄마의 목소리에 힘이 실렸다.

"아시면서 뭘 물으세요?"

엄마가 물어 온 그 사람을 영신은 부정하지 않았다.

영신은 곰소항을 잊을 수 없다. 기다림이 그곳에 있다. 기다림에는 확신이 없다. 18년이나 고집스럽게 기다렸다. 재회할 것이라는 확신이 곰소항으로 가는 지금은 더더욱 없다. 기다리면서 실망이

커질 것이라는 예감이나, 중도에 포기한다는 것을 애초부터 하지 않았다.

곰소항으로 가는 이유를 정확하게 말하면 인적 드문 어둠과 골목의 정적이 그리워서였다. 더 솔직하게 말하자면 그를 기억하기 위해서다.

그날 부안 터미널에서 출발한 버스가 격포를 지날 때 일몰을 만났다. 동해안 일출보다 훨씬 발갛게 가라앉는 일몰에 눈물이 찔끔 솟았다. 저렇게 가라앉으면 내일 아침에 헤엄쳐 나올 수 있을까.

곰소항으로 가는 커브가 끝도 없는 해안도로에 접어들었고, 바다에서 올라온 어둠과 산에서 내려온 어둠이 뒤섞여 도로가 잿빛으로 채색되었다. 격포의 장엄하고도 매몰찬 일몰을 떠올려 그의 어깨에 기댔다. 커브가 자주 반복되고 어둠이 점차 짙어졌다. 무섭다는 생각이 끊어지지 않았고, 어깨가 후드득 떨렸다. 그가 영신의 옆구리에 팔을 넣어 끌어안았다.

영신이 수능 3개월 앞둔 여름, 아빠가 그를 과외교사로 데려왔다. 아빠의 단골 주점 주인 과부가 술에 취했다. 그날따라 아빠는 늦은 밤에 술이 거나해서, 영업 마감을 도우러 온 그를 기특하게 바라보았다. 아들을 서울대학교에 입학하도록 뒷바라지한 과부에게 존경심과 부러움이 우러났고, 인물과 됨됨이가 명쾌한 그를 술 좌석에 불러 잔을 건네는 중에, 수능을 앞둔 영신의 과외를 제안했다. 거절의 사유를 명쾌하게 말하는, 보기 드문 젊은이, 그가 아빠의 제안을 사양했다. 아빠는 속이 알찬 그가 더욱 마음에 찼고, 과부를 부추겨 그의 허락을 얻어냈다.

수능일이 백 일 정도 남은 시점부터 과외가 시작되었다. 평일은 심야에, 휴일은 온종일 영신의 방에서 수업이 진행되었다. 영신의 모의 수능점수를 갉아먹던 수학의 미적분, 물리의 역학이 명쾌하게 정리되었고, 영신은 기대 이상의 수능점수를 얻었다. 영신이 아빠의 염원인 서울대에 합격하였다.

영신이 입학식을 앞두고 그가 졸업했다. 카페와 경치 좋은 골목과 언덕을 찾아 둘이 거닐었다. 과외교사와 학생이 아니라 연인이 되었음에 기쁘고 설렜다. 캠퍼스 커플이 될 수 없어 아쉬웠다.

아빠의 간섭이 시작되었다. 그와 얽히는 가닥을 찾아 끊어내려는 잔소리와 협박이 시작됐다. 뿌리가 약한 나무는, 주점 마담의 유복자는 아무리 굵게 자라도 세상 풍파를 견디지 못한다. 대학생이 되면 이성과 미래에 대한 가치관이 성숙될 것이다. 지금 미숙한 판단으로 기형적인 꿈을 꾸고 있다. 오로지 아빠의 독단과 신념에 의한 억압에 영신은 숨이 막혔다.

영신이 물러서지 않자, 아빠가 그에게 냉혹해졌다. 배경과 근본이 없다. 영신이 오래가지 못할, 기형적인 꿈을 꾸고 있다.

아빠는 그에게까지 냉혹해져야 하는 이유 중에, 숨겨야 할 속내가 있었다. 지난 몇 년 동안 아빠가 그의 엄마를 차에 태우고 등산과 여행을 다녔다는 이력을 아빠는 숨겨야 했다. 그와 영신이 알게 된 사실을 인정하지 못했다.

"아빠. 하나밖에 없는 딸에게 그러실 수 있어요?"

영신이 처음으로 울먹였다.

"네 말대로 하나밖에 없는 딸이 아니니? 이번만은 아빠에게 순종하면 안 되겠니?"

아빠는 물론 누구에게도 들어본 적이 없는, 순종이라는 말을 들었다.

그와의 연결 가닥을 끊어내려는 아빠의 억압을 버티며, 아빠의 말대로 기형적인 꿈일지라도, 악몽일지라도 영신은 그와 함께라면 기꺼이 꾸겠다고 작심했다.

곰소항 정류장에 내려, 메뉴가 국밥 하나인 식당에서 저녁을 먹었다.

민박 간판을 등대 삼아 걸어갈 때 눈이 내렸다. 낯선 곳이라 무섭고 추웠다. 민박 냉방에서 움츠러든 목덜미로 소름이 돋았다. 어깨가 후루루 떨렸다. 기침이 날숨처럼 계속 솟았다.

그가 이불을 깔았다. 영신이 이불로 들어갔다.

"곰소항이 우리의 종점이구나."

정좌한 자세로 아침을 맞겠다며 그가 말했다.

"오빠."

영신이 날숨처럼 뱉어지는 기침을 크윽크윽 되삼키며 입술을 물었다.

"종점을 거역하면 불행해져. 우리 둘 다."

우리가 내렸던 버스 정류장의 공중전화 부스에 갔다 오겠다며 그가 밖으로 나갔다. 영신은 그가 돌아오기를 기다렸다. 떨리는 몸을 잔뜩 오므리다 잠들었다. 새벽에 돌아온 그가 영신을 흔들어 깨웠다. 일출은 함께 보아야 한다며 민박에서 나왔다.

곰소항으로 가는 좁은 골목의 승용차에서 내린, 아빠가 보낸 남자가 영신의 앞을 가로막았다. 남자가 뒷좌석 문을 열고 영신을 바라보았다.

"같이 올라가시지요."

자신보다 한참 어린 그에게 남자가 정중히 말했다. 그는 곰소항에 남겠다고 거절했다.

"어젯밤 전화로 용단 내린 것에 고마워하고 있다는 말씀 전해드립니다."

남자가 그에게 정중한 어조로 아빠의 말을 전했다.

영신은 어젯밤 곰소항으로 혼자 나간 그의 의도를 알아챘다. 근본의 올가미에서 벗어나지 못하는 자신을 자책하고, 연인과의 사랑이 단절되는 아픔을 억누르며, 자괴감에 몸부림쳤을 그를 멀거니 바라보며 헤어졌다.

"격포를 거쳐서 가주세요."

줄포면을 지나서 호남고속도로에 진입하려는 남자에게 영신이 부탁했다. 진서리 염전 도로에서 승용차가 방향을 바꾸었다. 굽은 해안가 도로를 지나면서 영신은 장엄한 일출에 부시는 눈을 감았다.

국밥 하나의 메뉴만 있는 곰소항 골목 식당에서 점심을 먹었다. 신축 숙박업소를 마다하고 낡아도 정도가 심각한 민박으로 갔다. 겨울에 처음 찾아온 그와 영신에게 방을 내주던 사십 대의 주인 내외가 백발의 노인이 되었다. 안목이 없고 시설 리모델링에 인색한 노부부의 민박은 돈 받고 손님들일 정도가 되지 못했다.

이혼이 합의되고, 남편이 여행을 제안했다. 삼박 사일의 연가를 내려 한다며 세심하게 계획한 일정을 제안했다. 제주도, 울산에서 속초로의 동해안 바닷길, 부산에서 경주를 지나는 경상 내륙, 땅끝 해남에서 목포와 신안군도, 4개 코스의 여행 기획안을 주며 선택하도록 배려했다. 영신이 솟는 눈물을 감추려 남편의 품에 안겼다.

포옹을 끝낸 영신이 머뭇거렸다. 혼자서 아침 먹고 등교하고, 열한 시에 학원에서 돌아오는, 온종일 영어와 수학과 국어에 진이 빠져있을 상욱을 위로하고 기력을 보충해 주지 못한다는 것이 걸림돌이었다. 하루가 아니라 사흘이나? 여태껏 영신은 그런 생각을 하지 않았고 실제로 단 하루도 상욱의 곁을 떠나지 않았다. 돌봐줄 도우미를 남편이 구했고, 동의하는 조건으로 영신이 부안 반도와 선운사의 여행을 제안했다.

남편이 운전하는 차에서, 영신은 오래전의 기억이 살아나는 건물과 도로 표지판을 발견했다. 격포에서 곰소항으로 가는 해안도로 굽이에서 이혼이 임박한 남편의 옆모습을 바라보았다.

그와의 기억 재생을 억제하며 남편 모르게 주먹 쥐고 입술 깨물었다. 해안도로가 끝나갈 무렵 곰소항이 보이자, 영신이 자신도 모르게 아- 짧게 신음했다. 영신은 이런 여행을 남편과 계속해도 괜찮은가, 생각했다.

남편이 영신의 요구를 웬만하면 들어주기로 했다. 격포에서 곰소항으로 가는 해안도로에 신축된 고급 리조트와 펜션을 지나쳐서, 칠십 년대 새마을 사업으로 급조한 개량 한옥의 민박으로 숙소를 결정했다. 남편이 민박 대문에서 뜨악한 표정으로 멀뚱거렸다. 영신이 판단해도 민박은, 여행의 요구 조건이 웬만함을 한참 벗어난 독선이었다.

"이건 좀 아닌 것 같지 않아?"

여간해서는 영신의 뜻에 반하지 않는 남편이 언짢아진 속을 드러냈다.

"미안해요. 당신과 특별난 추억이 필요해요."

영신은 웃을 상황이 아닌데 말을 마치고 웃게 될까, 조심하면서 간곡한 표정을 지었다. 곧 후회했다. 한 남자의 삶이 망가진 장소로, 이혼 여행의 남편을 인도한 것이 후회하지 않을 선택인가 의심 들었다.

"좋아."

사람 좋은 남편은 영신이 바로잡을 틈도 주지 않고 동의했다. 번민하는 영신을 뒤에 두고 대문으로 들어갔다. 여행 첫날 남편의 기분이 구겼다. 온돌방 바닥에서 잤고, 방에 딸린 욕실이 없었다. 남편은 화장실을 공용으로 사용해야 하는 불편에도 말을 아꼈다.

과거의 남자에 집착한 독선과 고집이 남편과의 추억을 위한 여행으로 가능한 것일까. 그때 그와의 국밥 단일 메뉴 식당에서 아침을 먹으려던 영신의 생각이 흔들렸다.

남편이 공용수도 꼭지에서 나오는 물에 머리를 들이댔다. 용기에 때가 꼬질꼬질한 샴푸를 손바닥에 짜서 머리를 감고, 반쯤 닳아 얇아진 살구 비누로 세수하는 남편에게 아침밥 메뉴 선택을 양보하기로 했다.

곰소항은 경매가 끝난 뒤라 볼거리가 남아있지 않았다. 갈치와 우럭과 장어가 건조되는 골목에 개와 고양이가 아침 바람처럼 몰려다녔다. 횟집에서 우럭매운탕으로 아침을 먹었다.

능가산 내소사로의 둘째 날 이혼 여행이 시작됐다. 내소사 주차장으로 가는 석포리를 지나면서, 남편이 조용필의 노래를 선곡했다. 영신이 스마트폰으로 즐겨 듣는 곡으로의 배려였다. 남편을 위한 리듬인지, 영신에게 듣게 하려는 노랫말인지 분위기가 미묘했다. 이어폰으로 혼자 듣기에 익숙한 영신은 머리와 가슴이 복잡해졌다.

"살면서 듣게 될까. 언젠가는 바람의 노래를~." 영신은 능가산 관음봉과 하늘이 닿는 곡선으로 시선을 회피하며, 이런 여행을 계속해도 되는가, 어제에 이어 자문했다. 남편이 어제의 뜨악하던 표정을 벗어내지 못한 얼굴로 고개를 리듬에 맞추어 주억거렸다. "세월 가면 그때는 알게 될까. 꽃이 지는 이유를~." 앞서가던 버스가 잠시 멈춘 사이 남편이 영신의 손을 가만히 쥐었다.

남편이 일주문을 통과해서 잣나무 우듬지 틈으로 드러난 오전 하늘을 바라보았다. 영신은 "스쳐 가는 인연과 그리움은 어느 곳으로 가는가~." 주차장으로 진입할 때의 가사를 남편 모르게 읊조렸다.

관광버스가 연달아 도착해서 관람객이 늘어났다. 남편이 여전히 하늘을 바라보는 진입로가 갑자기 붐볐다. 주차하고도 시동을 켠 채 마저 들었던 소절, "이제 그 해답이 사랑이라면 나는 이 세상 모든 것을 사랑하겠네~." 영신이 남편을 멀거니 바라보며 가슴으로 노래했다.

남편은 여행 중 사찰의 대웅전보다 부속 암자에 특별한 관심을 두었다. 오후 여정인 고창 선운사의 도솔암, 해남의 미황사 도솔암, 남해의 보리암으로의 암자를 찾아갔던 가을 여행을 영신은 섬세하게 기억했다. 암자를 품은 기암절벽과 발아래 풍경에 영신은, "좋다", "가슴이 뻥 뚫린다", "또 오고 싶다."를 연발하고, 법당에서 긴 시간 정좌하는 남편을 기다렸다.

미륵보살이 머무는 내원과 천인들이 즐거움을 누리는 외원으로 구성된 천상의 정토라는, 도솔천의 의미를 검색하며 남편의 정좌가 끝나기를 기다렸다. 평소 배려 깊던 남편이 도솔암에서는 영신을 외면하고 긴 시간 정좌했다.

대웅전을 마다하고 도솔암 보살좌상에 정좌하는 이유를, 미황사의 달마 도솔암에서 내려오는 가을 단풍 숲길에서 영신이 물었다. 웅장함보다는 엄숙함이라고, 남편이 간단하게 대답했다. 법당에서 무엇을 염원하는지는 마저 내려오기까지 묻지 않았다. 사실은 묻지 않았는데 대답할까 은근히 두려웠다. 남편의 정좌가 염원이 아니라, 참음, 인내, 허용을 위한 다짐일 거라는 추정이 생긴

후부터 묻지 않았고 듣고 싶지도 않았다. 암자에서 긴 시간 홀로 다독여온 남편의 빗장이 열리지 않기를, 영신이 어느 순간부터 염원하기 시작했다.

오후에 고창 선운사로 갔다. 꽃무릇을 보며, 경내 찻집에서 맑은 차를 마시고 장어와 소주로 저녁을 먹었다. 이튿날 새벽 남편이 영신을 깨웠다. 뽀얗게 안개가 서린 계곡으로 걸어서 도솔암에 도착했다. 남편은 법당에서, 영신은 기암절벽에 앉아서 선운산 골짜기 일출을 맞이했다. 골짜기 안개를 거두며 잡목 사이로 내리는 햇살이 경이로웠다. 어제 구겨진 남편의 기분을 다림질해 줄, 햇살의 경이로움에 영신이 합장했다.

곰소항 골목의 베이커리 카페가 매물로 나왔다. 2층에서 거주하고 1층은 카페를 운영할 수 있어, 곰소항으로 온 첫날 민박에서 잔 영신에게 뜻밖의 선물이었다. 선착장에서 가까웠고 창가에 앉으면 곰소만 갯벌로의 조망이 확 트였다. 2층의 영신이 거주할 살림집은 조망과 내부 설비가 예상보다 훌륭했다. 정갈하고 쓰임새 있는 욕실이 안방에도 별도로 있고, 상욱이 기숙사에서 온다면 내어 줄 방에서는 멀리 능가산 관음봉이 한눈에 들어왔다. 보증금 걸고 월세 내는 조건으로 계약했다. 카페에서 큰돈을 벌자는 목적이 아니라서 베이커리는 메뉴에서 삭제했다.

곰소항 골목으로 걷는 재미가 쏠쏠했다. 새로운 골목으로 접어들었다는 느낌으로 조금 더 걷다 보면 어젠가 왔었던 기억이 고샅에 웅크려 있었다. 곰소항은 이틀 정도 머물면 다 알게 되는 고만고만한 골목에 건물도 낮았다. 일주일 머무르면 새로울 게 없는, 어민과 주민과 상인이 낯설지 않았다.

기숙사로 간 상욱이 궁금하던 차에 통화가 되었다. 아파트에 두고 온 잡화라든가 생필품이 아쉬워져 나가려던 차였다.

"엄마. 짠 냄새 익숙해졌어?"

약속 장소인 부안터미널로 먼저 와 기다린 상욱이 차에서 내리는 영신에게 걸어왔다. 기숙사에서 끌고 다녔을 슬리퍼와 헐렁한 트레이닝 복장은 이해할 수 있으나, 염색한 백발에 거부감이 확 치밀었다.

"꼴이 그게 뭐니?"

영신이 상욱의 등을 찰싹 때렸다. 상욱이 표정을 찡그려 뒤에 서있는 여자애로 손짓했다. 기숙사에서 한 달도 되지 않아 사귄 여자애, 상욱과 다름없는 복장과 머리로 주춤 걸어와 고개를 까닥여 알은체했다.

여자애가 맛집을 검색했다. 상욱의 옆구리에 게딱지로 붙어서,

"엄마 세련되셨다. 곰소항에 친척이 있으셔?"

종알거렸고, 영신은 일부러 두어 걸음 뒤로 떨어져 따라갔다. 여자애 입맛으로 고른 음식이 뽕뜨락피자였다. 상욱이 여자애를 먼저 의자에 앉혀놓고,

"엄마. 여기가 너무너무 좋아. 천국이 따로 없어."

상욱이 기숙사와 여자애가 좋아 죽겠다며 거들먹거리다 서있는 영신에게 "엄마도 앉아." 덧붙였다. 여자애가 메뉴판에 손가락을 짚으며 메뉴를 골랐다.

"이름이 뭐예요?"

처음 만나는 아들의 여자친구라서 영신이 예의 있게 물었다.

"가희."

여자애가 메뉴에 시선을 둔 채 새초롬하게 대답했고, "변가희." 상욱이 성씨를 덧붙여 말했다.

영신은 가희란 애에게 궁금한 것이 더 생기지 않았다. 궁금한 것이 있어도 묻지 않을 참이었다. 탐탁하지 않은 복장에다 백발 머리가 둘씩이나 코앞에 있어, 속에서 치미는 것을 꾹꾹 눌러 참았다. 상욱의 옷도 사고, 기숙사에서 필요한 것들을 주섬주섬 사 줄 요량으로 부안에 나왔다. 영신은 상욱을 만나 겨우 피자 한 조각과 얼음 띄운 냉수 한 컵 마셨다. 가희가 상욱의 옆구리에 매달려 기숙사로 가는 버스를 탔다.

영신은 둘을 보내놓고 백화점 쇼핑으로 급격하게 돋은 우울함

을 해소하려다 곰소항으로 향했다. 격포를 지나 굽은 해안도로에서 라디오를 켜고 채널을 돌리다가 껐다. 곰소항 좁은 골목에서 챙이 넓은 모자를 샀다. 목덜미를 태우는 볕을 차단할 스카프도 색깔별로 다섯 개 샀다. 갯벌에서 조개를 캘 헐렁한 고무줄 바지도 샀다.

야간 조업을 나가려던 건물주, 선장이 카페로 왔다. 그는 보증금과 월세를 받기로 계약한 카페에 손님이 없다는 것을 누군가에게 들었고, 본인의 눈으로 확인차 들렀다.

"혼자 운영하시려고요?"

컴컴한 카페에 영신 혼자 앉아있는 모습에 약간 당황하는 표정으로 물었다. 주꾸미와 숭어 어획량이 신통하지 않아 가을 전어를 기대하며 버틴다는, 선장에게 영신이 희미하게 웃었다.

"해 떨어지면 온통 어둠뿐이라 무섭긴 한데…."

선장이 말을 끊고는, 손님도 이렇게 없고 캄캄한데 여자의 몸으로 무섭지 않으냐, 시선을 영신에게 넌지시 주다가,

"여기 사람들 의외로 순박해요. 부자가 없어서 그렇죠. 원래 도둑질이나 못된 짓은 가진 게 있는 것들이 하는 짓이지요."

선장이 영신을 정면으로 계속 바라보기 민망한지 구석진 곳으

로 시선을 돌려 투박하게 말했다. 영신의 안전을 해칠만한 것이 있는지, 창문과 뒷문 잠금장치를 꼼꼼하게 점검하며 건물주로서의 성의를 보였다.

영신이 갈아놓은 원두로 커피를 내려 건넸다. 조명 아래로 걸어온 건물주의 피부는 바닷바람과 햇볕과 힘든 조업에 벌겋고 푸석했다. 커피잔을 받는 손도 거칠고 컸다. 고깃배를 타기 전에는 뭇 남성처럼 아담했을 손이, 계약할 때 자신을 소개하면서 말한 삼십 년 넘게 그물을 당겨서 우악스럽게 거칠어졌다고, 영신은 짧게 생각했다.

선장이 원두커피를 흐읍. 한 번에 마시고,

"사는 게 거칠고 씁쓸해서 어부는 달큼한 봉지 커피 좋아하죠. 컵 하나에 서너 봉지 넣고 마셔요. 고된 일이 끝없는 쓰디쓴 인생인데 커피라도 달큼하게 마셔야지요."

영신의 사근사근한 웃음과 나긋한 음색에 보답하듯 수도와 배수구, 변기 물 내림을 점검해 주고 나갔다.

작은 항구의 어둠은 고개를 좀 숙인 채 말 없는 얌전이처럼, 부드럽고 유순했다. 사람과 차량이 띄엄띄엄해지고, 카페는 정적의 곳간이 되었다. 전혀 예상하지 않은 정감이랄까. 곰소항 조붓한 골목골목에서 낯선 적이 한순간도 없었다. 몇 년 전부터 하루 한 번쯤은 걸어 다녔을 풍경처럼 눈길 닿는 곳곳이 익숙하다. 바닷물이 드나들며 거무스름하고 미끈미끈한 개흙의 온갖 냄새, 널브러진 어구의 비린내, 뒤섞이는 부패마저 수년 전부터 익히 맡아온 듯 여상스럽다.

시간이 넉넉했다. 공간도 영신에게 아무런 제약을 주지 않았다. 특히 곰소항의 어둠이 깊은 생각처럼 진득하고 의젓했다. 미루어 두었던 잠을 실컷 잘 것이라며 예감했으나, 넉넉하며 몽글몽글함에 젖어서 생각대로 쉽게 잠들지 않았다. 그렇다고 수면 부족으로 초췌하지도 않았다. 깨어있어도 단잠에 빠진 듯 과거의 회상이 반질반질 빛이 났다. 위연히 동터오는 아침을 기다리며 이마에 손바닥을 얹으면 혹등고래 자맥질처럼 떠올랐는데, 잊고 있던 고만고만한 삶들이었다. 곰소항으로 출발하면서 대강 챙겨 넣었던 가방을 헤쳐, 거실 바닥으로 나열되는 것들에서도 빛바랜 기억들이 상기되었다.

밤의 정점을 지나 새벽의 출구로 다다른 시각에 가위를 떨어뜨렸다. 가윗날이 십오도 각도로 벌어져 수직으로 떨어지면서, 맨발의 발등을 섬찟하게 찍었다. 발등에서 핏물이 몽글하게 솟았다. 온몸이 폭삭 내려앉으며 맥이 탁 풀렸어야 했는데, 아릿한 통증만 잠깐이었다. 몽글몽글 솟아 부풀던 핏물이 바닥으로 흘러내렸다.

두루마리 휴지를 손아귀로 둘둘 말아쥔 채, 통증이 점차 심해지고 정신이 탁해질 것이라는, 예감의 훼손을 짐짐한 심정으로 받아들였다.

가위를 왜 손에 들었을까. 빛바랜 질감의 사진에다 가위질할 것도 아니면서, 싱크대 서랍 속의 가위를 손에 쥔 까닭을 알 수 없다. 연하고 무르며 매끄러운 칸나처럼 바닥으로 퍼지는 피를 방관하면서, 타인의 돌발상황을 관찰하듯 평안한 위안을 떠올렸다. 새벽의 끄트머리에서 초췌해졌어야 할 이마를 손바닥으로 짚었다. 새벽의 푸르름이 곰소만 갯벌로 도드라졌다.